AF456662

Elly Blumay

Il quadro dei misteri

L'amore dove non ti aspetti di trovarlo

Qualsiasi riferimento contenuto in quest'opera è puramente casuale. Nomi, luoghi e personaggi sono frutto dell'immaginazione dell'autrice e nulla hanno a che vedere con persone o eventi reali.

www.ellyblumay.com
eblumay@gmail.com

ISBN 979-12-200-7299-1

Della stessa autrice

Serie

The mysterious painting
English edition

La Danzatrice persiana

The Persian Dancer
English edition

Heleni la dea

Heleni the goddess
English edition

Ai miei angeli

« Il y a la vie qu'on vit
Il y a la vie qu'on rêve
Mais c'est la vie qu'on rêve qui est la vraie »

«La vera vita non è quella che viviamo ma quella che sogniamo.»
Jean Guéhenno

Personaggi principali

Eleonora Nobilis *ragazza italiana*

Bart Van der Meer *investigatore di opere d'arte*

La Madonna col Bambino *quadro del 1500*

Paolo e Giovanna *genitori di Eleonora*

Maxim Le Monnier *avvocato*

Margot *prostituta*

Madame Blanche *cartomante*

Geert De Cock *prete*

Carlo Maria Mattanzi *monsignore*

Suor Cecilia *madre superiora*

I

Un quadro

Margot guarda fuori dalla vetrina annoiata. Solo tre clienti: l'arabo il prete il deputato. La solita macchina piena di ragazzi passa, rallenta. Guardano, ridono e ripartono.

«Fottiti!»

«Fottiti tu! Mi disturbi i clienti.»

Basta, si dice Margot, smetto. Dopo trent'anni di prostituzione forse è arrivato il momento della pensione. Ma non riesco a smettere. Il piacere di contare i soldi a fine giornata mi mancherebbe se me ne andassi da questo posto. E i miei clienti? Dove li metto? Gli mancherei tantissimo ne sono certa.

Margot, la grande Margot, la cortigiana di Bruxelles. Capelli corti mossi, biondo scuro. Piccoli occhi neri liquidi, bella bocca dalle labbra carnose. Viso stanco, segnato. Gambe lunghe e corpo formoso di una cinquantenne che ha dato molto piacere in tutti i modi possibili, immaginabili e inimmaginabili, a cui è stato fatto di tutto. Sono passati in tanti sul suo corpo.

«Da tempo non dormo più nonostante le pillole del Doctor Roth», rifletteva pensierosa.

Il seminario del quartiere Bellevue le aveva sempre fornito molti clienti, dal giovane seminarista al vecchio vescovo e al Monsignore. Una volta era venuto a farle visita persino un cardinale che era di passaggio a Bruxelles.

Non riusciva a smettere di pensare a quella ragazza italiana che si era presentata la settimana scorsa.

Che strana!

Diceva di essere una giornalista che stava facendo un reportage sulle -vecchie belle di giorno e di notte di Bruxelles- quelle che avevano resistito ai racket dei papponi, alle nuove regole di mercato con le ragazze dei paesi dell'est.

Eh sì, noi eravamo ancora qui nel vecchio quartiere a luci rosse del distretto di Aschendorf. Tenevamo duro resistendo al racket e gestendoci in proprio.

Che strana ragazza. Si era presentata per parlare di sex workers e poi non aveva fatto altro che chiedere di un quadro.

«Io mi occupo di uomini non di quadri!»

Eppure, non si era sorpresa né scandalizzata per la mia risposta.

Un quadro.

Un quadro raffigurante una *Madonna col Bambino*.

Aveva detto di chiamarsi Eleonora di essere italiana. Non era molto alta, una morettina carina, grandi occhi castani, sguardo profondo, sopracciglia ben marcate, bei capelli castani ondulati, bella bocca carnosa che si apriva su un sorriso spontaneo, luminoso. Pelle chiara, non molto alta ma figura snella, slanciata. Fronte spaziosa. Bella voce con un tono un po' infantile ma allo stesso tempo pieno di determinazione.

«Cosa diavolo ci vieni a fare in un bordello a Bruxelles?!»

«Margot da quanto tempo è nel mestiere?»

Quella stronzetta con la faccia da verginella come si permetteva di chiedermelo? Con calma mi sono girata e le ho risposto una balla madornale:

«Da quando sono stata lasciata dal padre dei miei figli ero una giovane donna senza lavoro e bella, molto bella. Cos'altro potevo fare?»

E lei ci aveva creduto e aveva annuito. Che idiota!

E poi aveva iniziato a chiedermi di un prete, un italiano che aveva lavorato a Bruxelles, di un quadro, un quadro che aveva visto in un libro di arte.

Ancora quel quadro.

Così mi ero innervosita. Io che avevo così tanta pazienza con i miei clienti e con tutte le loro richieste, ogni volta sapevo come reagire e trovavo le parole giuste da dire. Ma quella troietta italiana mi innervosiva.

Che cosa ci veniva a fare da una escort a Bruxelles per parlare di un quadro?!?

II

Una cioccolata calda

Eleonora aveva appuntamento con Maxim Le Monnier avvocato canadese del Québec alla Grand Place di Bruxelles. Ogni volta che vi si recava restava stordita dalla magnificenza di una delle piazze più belle del mondo.

Le Chocolatier era il caffè prescelto. Quando entrò il profumo di cioccolato e caffè la invase. Tutti bevevano delle cioccolate calde in enormi tazze ricolme di panna montata.

Le Chocolatier era il locale più alla moda per le sue specialità di cioccolato al latte, fondente, bianco, nero, alla nocciola, al gianduia, al rhum, con scorze d'arancia, con cannella, con ogni tipo di varietà e gusto.

Fondato nel 1895 la sua gestione veniva tramandata di padre in figlio e continuava ad avere successo nella capitale del cioccolato.

Maxim con la sua barba folta che gli occultava il doppio mento, gli occhiali rotondi e il suo ventre gonfio, le fece un cenno di saluto dal fondo della sala. Lei si avvicinò e lo salutò calorosamente.

«*Ça va ma petite?* Come va piccolina? *Tu es splendide*»

«*Oh non, tu te moques de moi* - mi prendi in giro», gli rispose in francese.

«Mia bella Eleonora detta Eleanor. Allora come stanno Paolo e Giovanna? E il negozio di antiquariato?»

«Bah! Non è un buon momento per gli affari. Ogni tanto gli do una mano ma non sono sempre presente. E poi ci sono le fiere da seguire, i giovani artisti, i collezionisti con le loro richieste stravaganti e mai soddisfatti.»

«Ho sempre buoni ricordi mia cara dell'Italia. Ma veniamo a noi. Ho contattato un investigatore di opere d'arte di Amsterdam un certo Bart Van der Meer. È un pezzo grosso, pensa che è riuscito a ritrovare un Picasso dopo anni e anni di ricerche. Tutti avevano fallito, oramai si erano dati per vinti, ma lui no. Ha fiuto. Non è stato difficile convincerlo a raggiungerci. Quando si tratta di un'opera d'arte ha come un sesto senso. Insomma, la tua storia l'ha intrigato. Il tuo quadro *la Madonna col Bambino* di Jacopo della Fonte è una vera attrazione per lui.»

Eleonora lo stava a sentire attentamente in silenzio. Si fidava di Maxim lo conosceva fin da bambina, era un vecchio amico dei suoi genitori in particolare di suo padre Paolo. Quante volte aveva giocato sulle sue ginocchia!

Nonostante fosse giugno inoltrato Bruxelles era ricoperta dalle nuvole e la temperatura si era abbassata notevolmente. Poteva mai essere diverso in quella città dal cielo plumbeo e dai cuori caldi dei suoi abitanti?

Non si era portata molti vestiti dall'Italia. Del resto, non era il suo stile. Ma quel giorno aveva avuto voglia di mettersi lo smalto rosso sulle unghie, un trucco leggero e aveva raccolto i suoi capelli castani in una coda. Indossato una camicetta a fiori, un paio di jeans con sopra una giacchetta nera, i suoi stivaletti marroni di cuoio con un po' di tacco, ma comodi, e una borsetta di cuoio a tracolla.

Nel sedersi al tavolo del caffè si era tolta la giacca. Dalla scollatura della sua camicetta a fiori si intravedeva il reggiseno di pizzo nero.

Ogni tanto si toccava i capelli facendo ondulare la coda di cavallo.

«Ah eccolo, dev'essere lui» esclamò Maxim.

Ancora prima di vederlo Eleanor sentì un brivido lungo la schiena e il cuore che le batteva forte.

«*Bonjour ça va? Hello Maxim, how are you?* Ciao, come stai?»

Si salutarono calorosamente dandosi la mano.

«*Please sit down.*» Per favore accomodati disse Maxim mischiando un po' inglese e francese dato che non parlava ancora bene il fiammingo nonostante i tanti anni in Belgio. Il rumore della sedia fece trasalire Eleanor che si voltò verso Bart.

Notò subito i suoi occhi azzurri profondi, folti capelli castano chiari incorniciavano un bel volto con i segni di una barba di due giorni.

I loro sguardi si incrociarono e si accorse che Bart allungava la mano verso di lei.

«*Hi Eleanor, nice to meet you* – ciao», piacere di conoscerti le disse in inglese.

«*Nice to meet you too* - piacere mio» rispose lei, e ritrasse subito la mano come se avesse preso una scossa elettrica.

Bart indossava dei pantaloni chiari con le tasche laterali, una felpa blu e portava con sé uno zaino. Era molto informale. Sembrava vicino ai quarant'anni anni.

Continuava a parlare con Maxim scusandosi per il ritardo dovuto al fatto che un treno della metropolitana di Bruxelles era rimasto bloccato per un falso allarme. Il terrorismo islamico aveva già colpito più volte la città e si temevano nuovi attentati. Parlava con Maxim ma continuava a guardare Eleanor. Non smetteva un momento. In un attimo l'aveva squadrata e aveva notato subito quella linea che si intravedeva dalla scollatura della camicetta. Eleanor era pura sensualità e semplicità allo stesso tempo. Quello sguardo profondo da scrutatrice che cercava di vedere al di là delle apparenze. Quella vena di tristezza nei suoi grandi occhi castani e quella bocca carnosa, sensuale. Bart ne era folgorato.

Eleanor iniziò a parlare.

«Bene Bart, mi dicono che sei l'investigatore dei casi impossibili. Cosa puoi fare per me? Il quadro che cerco è di vitale importanza per me e per la mia famiglia. Mi appartiene. Ho un documento che ne attesta la mia proprietà. Ma dov'è mai l'oggetto del mio desiderio?»

Bart l'ascoltava in silenzio. Aveva una bella voce, dolce, tenera, sensuale ma anche, a tratti, forte, determinata. Sì, una bella voce.

«Sono qui per questo Eleanor, ma prima devo essere sicuro che tu sia l'unica erede di quel quadro del Millecinquecento. Se dovessero apparire altre persone che ne rivendicano l'eredità sarebbe un bel guaio.»

«Va bene ti mostrerò il documento che ne attesta la mia proprietà ma ho con me solo la copia. L'originale, come puoi immaginare, è in una cassaforte in Italia. Per molto tempo non ne ho voluto sapere, non lo guardavo neppure, ma ultimamente ne abbiamo parlato a lungo con Maxim e lui ha insistito così tanto che alla fine mi ha convinta.»

«Sì certo, capisco» le rispose Bart.

«Alors mes enfants que prenez-vous?»

La voce di Maxim che gli chiedeva cosa volessero prendere distolse i loro sguardi.

«Non vedo l'ora di provare la specialità della casa, una bella cioccolata calda è proprio la giornata giusta con queste nuvole» disse Eleanor.

«Sì, anche per me» aggiunse Bart ridendo.

Stavano per finire le loro cioccolate quando gli suonò il cellulare.

«Wat?» rispose lui in olandese. «Cosaa? E va bene arrivo subito.»

Si alzò in piedi con l'aria preoccupata dicendo: «Mi dispiace devo proprio andare, è urgente.»

Eleanor si alzò contemporaneamente sfiorandolo così vicina che lui poteva sentire il profumo della sua pelle.

«Vas-y, à bientôt. Vai pure, a presto.» E poi si risedette.

Bart uscì di corsa dal locale. Ogni volta che telefonava la principessa del Qatar doveva sbrigarsi. Era la sua cliente più ricca in assoluto e stava organizzando una grande mostra nel museo di arte contemporanea di Doha definito il Louvre della penisola arabica. Lo sapevano tutti che nel mercato dell'arte gli arabi erano diventati i primi acquirenti. Facevano incetta di tutte le opere d'arte più importanti che venivano messe sul mercato dalle case d'asta più prestigiose del mondo. Dappertutto, erano dappertutto: New York, Londra, Parigi, Hong Kong, Art Basel, Miami Fair. Lui lo sapeva. Se voleva continuare a lavorare doveva aver a che fare con quella gente. Del resto, erano stati loro ad acquistare l'ultimo Picasso che aveva ritrovato sul mercato dopo anni e anni di ricerche… e la commissione percepita ne era valsa la pena! Tanto che ora gli permetteva anche di seguire dei casi meno redditizi come quello della *Madonna col Bambino* di Jacopo della Fonte ma, sicuramente, più appassionanti.

III

Eleonora

Les Bluets era il suo hotel preferito a Bruxelles. Si era abituata a quell'albergo un po' demodé in stile Art Nouveau con quella grande scalinata che portava ai piani dalla reception. Alcune stanze erano ancora decorate con fiori ed elementi naturali. L'architetto Victor Horta era passato anche da lì e aveva lasciato la sua impronta così come nel resto della città. Di ritorno in albergo Eleonora si svestì, indossò una vecchia vestaglia che le faceva compagnia da anni e si gettò sul letto ascoltando la musica che proveniva dall'iPad. Mozart aveva il potere di rilassarla, portarla in un altro mondo, sollevare il suo spirito. Iniziò con la sinfonia numero uno in mi bemolle maggiore, continuò con un concerto per piano e orchestra numero ventuno in do maggiore e terminò con una ninna nanna.

Fin da bambina aveva avuto quei momenti di malinconia, quel desiderio di svanire, di isolarsi dal resto del mondo. Sì, c'erano anche momenti pieni di entusiasmo con risate facili, ma continuava a non capire il perché della sua esistenza. Perché era in questo mondo? Qual era il suo ruolo?

Paolo e Giovanna, i genitori adottivi, l'avevano aiutata molto e continuavano a farlo. Erano sempre stati sinceri con lei nel raccontarle che l'avevano adottata e da adolescente le avevano anche fatto seguire una terapia. Poi, però, Eleonora aveva deciso di smettere. Di smettere esattamente quando al liceo aveva iniziato ad interessarsi all'arte, continuando poi i suoi studi presso l'Università di Bologna e laureandosi in storia dell'arte con il famoso critico Massimo De Caroli. L'arte aveva un forte potere su di lei, un potere terapeutico. Se si sentiva triste le bastava andare in un museo, in una chiesa, o visitare una mostra per stare meglio. L'arte dava un significato alla sua vita. Ogni volta che guardava un'opera, anche solo un monumento, aveva delle sensazioni strane, indescrivibili. Dopo secoli e catastrofi naturali, quadri, sculture, monumenti, erano ancora lì a trasmettere le emozioni e i sentimenti dei loro autori.

Ecco l'arte era immortalità.

Gli uomini, esseri mortali, avevano questo grande potere nelle loro mani: creare qualcosa di immortale.

Rifletteva sul significato della sua vita. Aveva degli amici, pochi ma buoni. Erano sempre le stesse persone e poi aveva avuto anche degli amori. Importanti? Bah! Arrivata sui trent'anni non ne era così convinta. Sì, la relazione umana era stata divertente con alcuni uomini, ma niente di più. Certo, però, quel Bart incontrato nel pomeriggio l'aveva colpita. Le aveva lasciato una sensazione forte.

Verso mezzanotte si addormentò, poco dopo però il cinguettio del cellulare l'avvisava che era arrivato un messaggio. «*Lo guardo domattina*» si disse.

«*Uff no, non ci riesco.*»

Accese la luce. Bart Van der Meer diceva: «*Goodnight*»

Lei rispose: «*Goodnight to you*, buona notte a te.»

Il sonno fu un po' agitato. Continuava a vedersi in una chiesa e su una cassapanca, in una cripta, c'era un bambino di pochi mesi abbandonato circondato da un'oscurità angosciante. Il mattino dopo trasalì nel sentire un rumore strano. Il suo cuore batteva forte. Si alzò dal letto di colpo. Qualcuno aveva lasciato un biglietto scritto a mano sotto la porta della sua stanza. Incuriosita lo lesse subito.

VATTENE DA BRUXELLES SE NON VUOI FINIRE NEL CANALE DI WILLEBROEK

Ma cos'era uno scherzo? Non riusciva a credere a quelle parole. A chi potevano mai interessare le ricerche che stava facendo su un quadro del Millecinquecento che doveva appartenerle? Che apparteneva a qualcuno che era stato in qualche modo legato alla sua famiglia d'origine. Quel quadro rappresentava tutte le risposte che cercava sulla sua vita. Era la chiave per capire il suo passato.

Telefonò a Maxim e lo mise subito al corrente. Lui, sinceramente, sembrava più preoccupato di lei.

Decise di non pensarci e si avviò al museo degli strumenti musicali di Bruxelles. Si divertì come una bambina. Ogni volta che si metteva davanti ad uno strumento questo suonava. Vi era tutta la storia della musica dell'umanità, con una collezione di oltre settemila strumenti dai più primitivi ai più moderni e sofisticati. Il museo si trovava in un edificio in stile Art Nouveau del 1899, un vero gioiello architettonico.

Nel pomeriggio ricevette un altro messaggio da Bart.

«Il faut qu'on se voie le plus tôt possible rue de l'Angleterre au coin du bistrot Le Lion d'Or à dix-sept heures.» Dobbiamo vederci il più presto possibile, insisteva Bart.

«D'accord, je serais là.» Eleanor rispose subito che sarebbe andata all'appuntamento…il più presto possibile. Ritornò in albergo si sistemò un po' i capelli e decise di non cambiarsi. Non aveva voglia di dare un'immagine diversa da quella che era. Alle diciassette arrivò puntuale all'appuntamento in rue de l'Angleterre all'angolo del caffè *Le Lion d'Or*. Bart l'aspettava in strada davanti al bistrot, sempre con lo zaino nero sulle spalle come se fosse pronto per una fuga.

«Eleanor écoute moi, please listen to me… ascoltami… Maxim mi ha detto del biglietto, non sottovalutare le loro minacce.»

«Ma cosa stai dicendo? Minacce?! Ma a chi può importare di me, in questa città non mi conosce nessuno.»

«Sì, ma io conosco il mondo dell'arte. C'è gente che è disposta a tutto per un'opera d'arte, anche ad uccidere.»

«Ma cosa stai dicendo?»

«Be', tu stai cercando un quadro del Millecinquecento pensa al valore economico che può avere sul mercato dell'arte.»

«Ma io non lo sto cercando per denaro è solo per risalire alla storia della mia famiglia.»

«Vieni Eleanor sediamoci su quella panchina.»

Si sedettero vicini nel parco all'ombra di una quercia. Il vento soffiava tra le foglie diffondendo una sensazione di pace. Lui sentì di nuovo il suo profumo e la guardò in silenzio. Eleanor iniziò a parlare:

«Io non capisco queste cose, non so niente di questo mondo. Con la mia famiglia, nel negozio di antiquariato, abbiamo sempre trattato opere in regola con un expertise, con perizia o certificati d'autenticità. Mio padre ha sempre detto che nel mondo dell'arte in Italia c'è anche la mafia che investe denaro sporco. Ma noi siamo sempre stati attenti. Del resto, i miei genitori sono benestanti e non hanno nessun interesse economico ad investire denaro sporco in opere d'arte e poi rivenderle.»

«Ti credo ma non è questo il problema. Questa gente inizia sempre così, prima con le minacce e poi... Dammi un po' di tempo per fare delle ricerche e saprò darti una risposta.»

Alzando lo sguardo Bart si accorse che un uomo li stava riprendendo col cellulare. Facendo finta di niente avvicinò la sua bocca all'orecchio di Eleanor e glielo disse sottovoce. Eleanor capì subito. Si girò verso di lui e gli rispose:

«Non preoccuparti non ho paura adesso lo distraggo io.»

«Baciami»

Bart trasalì. La osservò dritto negli occhi e senza farselo ripetere due volte allungò la mano sul suo volto e piano piano glielo accarezzò, poi si avvicinò a lei come ipnotizzato. Scosse la testa e cercò di allontanarsi come se ne fosse impaurito. Ma si riprese subito e determinato continuò.

Fu in quel momento che le sue labbra si appoggiarono sulle labbra di Eleanor. Lei era lì, così vicina a lui e lo aspettava.

L'uomo di fronte a loro smise di fotografarli con aria sorpresa. Eleonora scoppiò in una risata. Il suo volto si illuminò, il suo sguardo era divertito.

«Vedi che l'abbiamo depistato. Che idiota!»

«Eh sì, proprio depistato» rispose Bart pensando tra sé: *«che donna!»*

In quel momento il cellulare di Eleonora suonò, era Maxim.

«Ma petite fais attention à toi. Mi raccomando stai attenta bambina mia. Ti aspetto domani nel mio studio devi portare con te il documento che ti ha chiesto Bart, ci sarà anche lui, deve vederlo.»

«Sì certo» gli rispose Eleanor.

Bart si alzò, la strinse forte tra le sue braccia e le sussurrò:

«Adesso devo andare ma voglio rivederti al più presto. Devo rivederti!»

Eleanor scoppiò a ridere con quella risata da bambina che poc'anzi le aveva illuminato il volto.

Il giorno dopo nello studio di Maxim, Eleanor decise di stare sulle sue, non voleva cedere al fascino di Bart. E poi cosa sapeva di quell'uomo a parte che era un investigatore olandese di opere d'arte.

Gli piaceva, certo, ma non voleva darglielo a vedere.

«Senti Eleonora...» iniziò Maxim «Tu devi stare attenta. La situazione non è così semplice come credi.»

Bart continuò: «Sei andata ad intervistare la più grande cortigiana di Bruxelles appena arrivata, questa ha sicuramente parlato con tutti.»

«E tu come fai a saperlo? Sei uno dei suoi clienti?» gli rispose con voce tagliente.

«È il mio lavoro Eleanor io spio la gente.»

«Ma che c'entra Margot con le minacce che ho ricevuto?»

«Margot ha un sacco di clienti di tutti i tipi. In particolare, lavora molto con i seminaristi, gli uomini di chiesa, il vescovo.»

«Ma va'! Ah, questa poi! Gli uomini di chiesa non dovrebbero praticare la castità? Divertente questa storia.»

«Tu non immagini neppure di cosa sono capaci gli uomini di chiesa.»

Eleanor si zittì. Aspettò alcuni istanti e poi tirò fuori la copia del documento che aveva che attestava la sua proprietà sul quadro di Jacopo della Fonte. Bart lo lesse attentamente.

Convento di Santa Chiara, 12 maggio 2005
Con la seguente scrittura privata dichiaro che la Madonna col Bambino di Jacopo della Fonte è di sola esclusiva proprietà di mia figlia Eleonora adottata a due settimane di vita dai coniugi Paolo e Giovanna Nobilis.

Bart alzò lo sguardo, uno sguardo pieno d'amore e compassione verso quella bambina di due settimane di vita che era stata abbandonata, davanti a lui vedeva una giovane donna con una profonda malinconia nei suoi occhi.

Eleanor alzò la testa e con sguardo di sfida gli disse: «E allora?»

«Ma perché il convento, cosa c'entra il convento?» le chiese Bart.

«Questo lo devi scoprire tu. È il tuo lavoro.»

Lui e Maxim si scambiarono uno sguardo d'intesa.

IV

Il convento di Sainte Marie

Bart chiamò Eleonora: «Vorrei poterti invitare a cena da qualche parte ma... non è facile sai, dobbiamo essere prudenti e non farci vedere troppo in giro a festeggiare. Continuo a pensare a questo caso e desidero risolverlo il più presto possibile, credimi!»

«Sì, certo che ti credo. Non preoccuparti non ti chiederò più di baciarmi la prossima volta che ci vediamo. Non voglio certo distrarti, farti perdere il controllo della situazione.»

«Ti assicuro che lo perderei volentieri.»

L'indomani Bart richiamò: «C'è un contrattempo, dobbiamo recarci al convento di Sainte Marie una persona è disposta a parlare ha delle informazioni importanti.»

«Va bene, passa a prendermi all'hotel.»

«Ok alle quindici.»

«Ok»

Bart aveva noleggiato una macchina dovevano recarsi fuori Bruxelles. Appena la vide le disse: «Non immagini quanto sia contento di rivederti.»

E lei gli rispose con un sorriso che le illuminò tutto il volto. Eleanor sotto a un golfino celeste indossava un vestito azzurro e scarpe basse nere, i suoi capelli scuri sciolti le incorniciavano il bel volto.

Presero la E40 sulla Koning Albert I Laan direzione Bruges nelle Fiandre Occidentali. Contenti di ritrovarsi chiacchieravano allegramente stupiti nell'avere molti argomenti in comune. Dopo un'ora e venti minuti arrivarono alla periferia della città. Era un pomeriggio umido, nebbioso, una pioggerellina incessante cadeva sul parabrezza della macchina.

«Tipica estate nordica.» disse Eleanor.

Per arrivare al convento delle Benedettine dovevano girare verso Loppem sulla N32 e poi proseguire su un viale alberato in aperta campagna, paesaggio pianeggiante caratteristico delle Fiandre occidentali. Alla fine del viale apparve il convento. Era una costruzione austera dell'inizio Novecento.

La madre superiora che li ricevette aveva lo sguardo duro e modi spiccioli privi di umanità. Colpivano i suoi occhi inespressivi privi di luce e la sua bocca senza labbra. Una leggera peluria le copriva il labbro superiore.

Disse che era stata avvisata del loro arrivo... che sì c'era stato un quadro che aveva transitato nel loro convento ma poi era stato portato a Bruxelles. Non ricordava molto, era passato tanto tempo e lei era più presa dalle questioni spirituali che terrene.

Si perse nei meandri delle spiegazioni sulla vita monastica. *Ora et labora* era il motto benedettino che reggeva la quotidianità del convento. Spiegò che si alzavano presto la mattina e dedicavano la maggior parte della giornata alla preghiera e al lavoro. Non ricevevano nessun aiuto dal Vaticano, così avevano dovuto ingegnarsi per stare al passo con i tempi e provvedere alle spese del convento. Anzi, gli mise davanti un foglio con tutte le credenziali per effettuare un versamento sul conto del convento in modo da poter fare una donazione. La loro congregazione non navigava certo nell'oro. Dovevano ricordare che la loro vita era dedicata totalmente al Signore. E continuò sempre con tono freddo e distaccato, privo di umanità, ad elencare - la felicità- di essere la sposa di Cristo.

Eleonora e Bart la fissavano sbalorditi.

Improvvisamente entrò una suora che le sussurrò qualcosa all'orecchio.

Si alzò dicendo: «Scusate devo assentarmi spero che non ci voglia molto ma una delle nostre sorelle è ammalata, dobbiamo chiamare il medico.»

Bart le rispose: «Non si preoccupi l'aspettiamo qui.» Se ne andò chiudendo la porta dietro di sé.

Bart ed Eleanor si guardarono dritto negli occhi.

Eleanor disse: «Che strano questo posto. C'è un'atmosfera strana. È così freddo privo di calore umano. Non capisco come ci si possa sentire vicini a Dio.» Lui si girò e le tese la mano rispondendole: «Solo il vero amore riesce a farti sentire vicino a Dio. E il vero amore è sia fisico che spirituale. Ma la chiesa ha sempre rinnegato quello fisico.»

Eleanor lo guardò intensamente e le loro mani si cercarono. Si strinsero forte, per un attimo, come se una corrente di energia positiva passasse tra di loro.

Poi lei si alzò e andò ad ammirare il grande crocifisso appeso nella stanza proprio sopra la scrivania di suor Ilse la madre superiora. Bart in un istante fu dietro di lei, l'afferrò e la girò verso di sé. Le accarezzò il volto e il collo e poi la baciò a lungo desideroso di sentire nuovamente le sue labbra.

Eleanor si strinse forte a lui e sospirò. A sua volta gli accarezzò la testa, poi si girò di nuovo. Guardò intensamente il crocifisso e si fece il segno della croce. Il Cristo sanguinante sembrava sorridergli ironicamente.

La madre superiora tornò di lì a poco, sempre con la stessa faccia inespressiva e con freddezza gli ripeté che non poteva aiutarli nelle loro ricerche.

Prendendosi per mano se ne andarono. *La Madonna col Bambino* non era lì.

Durante il viaggio di ritorno aleggiava un silenzio strano su di loro come se ognuno fosse assorto nei propri pensieri. La lasciò davanti a *Les Bluets* e la salutò con un forte abbraccio dicendole:

«Sarò via per una settimana ti contatto io al mio ritorno. Abbi cura di te. *Please take care of yourself.* »

Eleanor rispose: «Va bene.»

V

La chiesa

L'estate si stava avvicinando anche a Bruxelles. Eleanor aveva voglia di tornare in Italia. Le mancava il suo paese, le mancavano Paolo e Giovanna. Ma sapeva che era su qualcosa di importante. Ripartire ora significava mollare tutto e questo lei non lo voleva.

Il messaggio arrivò puntuale dopo sette giorni.

«Hello baby, how are you doing? Ci vediamo questo pomeriggio alle diciassette Eglise Saint Pierre rue de Beaufour. *J'ai quelque chose pour toi. Ho qualcosa per te.»*

«Bene» pensò Eleanor.

Questa volta però si preparò con cura. Si smaltò le unghie delle mani e dei piedi di rosso. La temperatura era gradevole. Le previsioni del tempo davano giornate calde e soleggiate, finalmente! Si mise una canottiera nera con i bordi di pizzo che risaltava il suo seno e una gonna plissettata dello stesso colore sopra il ginocchio. Optò per dei sandali di cuoio con una suola ortopedica ma comodi. Decise di indossare il braccialetto etnico colorato con perline e gli orecchini in argento ad anello di cui non si separava mai. Si passò un po' di lucida labbra, ma niente trucco, col sudore le dava fastidio. Lasciò i capelli sciolti con la riga in centro che le cadevano mossi sulle spalle e prese la solita borsetta di cuoio marrone a tracolla. Così tutta nera e rossa senza il reggiseno si diresse all'appuntamento.

In metropolitana gli uomini la guardavano, era come se annusassero una preda.

«*Strano*» pensò lei. «*Qui di solito sono strafatti di birra e non si accorgono neppure se hanno davanti un uomo o una donna.*»

Imbronciata prese l'uscita alla stazione Grand Parque. Arrivata in chiesa si accorse subito della presenza di Bart. Era vicino all'acquasantiera. Anche lui era accaldato, indossava una maglietta grigia sui pantaloni beige. Bart le prese subito la mano.

«È bello rivederti» e fece per avvicinarsi e darle un bacio sulla guancia.

Lei si ritrasse: «Nooo, siamo in chiesa!» e si fece il segno della croce.

Bart le disse: «In questa chiesa c'è qualcosa che è collegato al tuo quadro.»

«Vieni, seguimi. Ti faccio vedere.»

La chiesa di Saint Pierre non era molto grande. L'interno si presentava con alcuni affreschi in cattivo stato, vi erano delle colonne tra una cappella e l'altra e grandi vetrate. Si fermarono in una cripta della navata laterale di destra.

«Vedi qui dovrebbe esserci una copia della *Madonna col Bambino*.»

Eleanor la osservò ma non la riconobbe, era certamente molto rovinata, quasi non si distinguevano le figure umane.

«Non assomiglia alle foto che ho visto sui libri di arte. Non mi dice niente.»

«Strano, seguimi» le rispose.

Continuarono il giro della chiesa fino alla fine della navata centrale.

Bart le sussurrò: «Ho pensato molto a te.»

Le prese la mano ma Eleanor si svincolò con un gesto veloce.

«Noo, siamo in chiesa.»

Lui le andò più vicino. Eleanor lo guardò profondamente e fece come una giravolta intorno a lui con un sorriso beffardo, ripetendo:

«Siamo in chiesa.»

Bart la fissò negli occhi e lei si fermò davanti a lui. Lui si avvicinò di nuovo. Ma lei con sguardo fiero si scostò.

Si allontanava e poi si avvicinava, e poi ancora si allontanava da lui ma sempre con quello sguardo di sfida negli occhi.

Improvvisamente Bart l'afferrò per la vita stringendola forte, sempre più forte contro la colonna di lato all'altare maggiore. Il contatto con il marmo freddo della colonna fece trasalire Eleanor.

Fu in quel momento che si voltarono contemporaneamente e le loro labbra si sfiorarono, scappò un bacio, un secondo, un terzo...

Storditi, dimentichi di tutto e di tutti si strinsero ancora più forte. Bart le accarezzò il volto. La strinse ancora più forte a sé. Eleanor gli mise le mani sotto la maglietta e sentì il calore della sua pelle.

In un attimo le mani di Bart furono dappertutto sul corpo di Eleanor. Lei lo guardò di nuovo con quello sguardo fiero di sfida. Lui la spinse ancora di più contro la colonna e sentì il corpo di Eleanor sempre più unito al suo. E lì in chiesa i loro corpi si amarono. Continuò dicendole: «Ho desiderato farti l'amore dal primo momento che ti ho vista.»

Le grandi vetrate filtravano una luce azzurrina e rosa che si impregnava dei colori del cielo e li irradiava all'interno avvolgendoli.

E loro si sentirono trasportati in un altro mondo, tenero e immenso.

Lentamente si sedettero sulla panca di fronte all'altare. Stettero un po' così seduti vicini, abbracciati. Bart le accarezzava i capelli. Eleanor si lasciava accarezzare con la testa appoggiata sulle sue spalle come se volesse far durare in eterno quel momento.

Improvvisamente, però, si sentì un rumore strano come di un oggetto che era caduto e un'imprecazione. Si guardarono impauriti e si resero conto di quello che avevano appena fatto...

A Eleanor scappò da ridere. Bart disse:

«*Let's go away*, andiamo via subito.»

Afferrò la sua borsetta e cercò di sistemarsi in fretta. Corsero fuori dalla chiesa e si accorsero all'ultimo momento dell'ombra di un uomo dietro all'altare. Una volta fuori presero subito la metropolitana alla stazione Grand Parque. Seduti vicini in treno Eleanor sbarrò gli occhi:

«Bart ho dimenticato le mutandine in chiesa!»

«*Ah, ça alors!* Ah, questa poi!» E le strinse forte la mano.

Alzando lo sguardo videro però che l'uomo che li fotografava al parco era lì nello stesso vagone con un berretto a visiera calato sugli occhi. Si guardarono e capirono subito.

Bart le disse sottovoce: «Dobbiamo dividerci per depistarlo. Tu scendi alla prossima fermata io resto sul vagone e cerco di bloccarlo.»

Eleanor si girò e rispose: «Ok»

Appena scesa si mise a correre. All'uscita trovò subito un taxi e si fece portare all'hotel *Les Bluets*.

Arrivata nella sua stanza si spogliò e una volta stesa sul letto e avvolta nelle lenzuola si addormentò sognando di stare tra le braccia di Bart e sentire il suo corpo vicino al suo. Al suo risveglio non riusciva ancora a credere a quello che le era successo...

Maxim la chiamò e le disse: «Ho delle novità vieni nel mio studio.»

Una volta arrivata lui notò subito che Eleanor era diversa e le chiese sempre con lo stesso tono amorevole e paterno:

«*Ma petite est-ce que tu es bien ?* Stai bene piccolina?»

«Sì, certo.»

Non voleva certo che trapelasse il modo in cui Bart l'aveva amata... in quel luogo sacro.

Maxim le disse che Bart aveva seguito un uomo e l'aveva visto entrare in un vicolo e poi sparire completamente. Aveva dei sospetti e continuava con le indagini.

***

La *Sainte Chapelle* era un convento dell'Ottocento gestito dai gesuiti. Qui studiavano le menti eccelse che poi sarebbero andate in Vaticano per una lunga carriera con i prelati più importanti.

Padre Geert De Cock era alto e magro, il volto scavato da becchino, gli occhi di un marrone indefinito. Faceva tutto il possibile per difendere la sua congregazione. Tutto! Proprio tutto.

Certo quello che aveva visto quel pomeriggio nella chiesa di Saint Pierre l'aveva sconvolto. Mai e poi mai avrebbe potuto immaginare un sacrilegio del genere.

«Maledetti miscredenti fare sesso in una chiesa. Ci vorrebbe ancora l'Inquisizione!», continuava a ripetersi disgustato. E quella donna che sfrontata, come si era offerta con disinvoltura! E lui com'era caduto subito nella trappola. Mio Dio che scena, a cosa aveva dovuto assistere. Sembravano posseduti dal demonio. Tirò fuori dalla tasca le mutandine di pizzo nere con un fiocchetto rosa. Le osservò

attentamente, le rigirò e poi ancora le strinse forte nella sua mano tutta rossa e sudata.

E non riuscì più a distogliere lo sguardo.

VI

Esoterismo

Perché non provare? Si diceva Eleanor ogni volta che passava davanti alla libreria esoterica di fronte al suo hotel. Le rune, le carte delle Sibille, i tarocchi di Marsiglia esposti in vetrina in un primo momento l'avevano fatta ridere. Si era fermata più volte divertita leggendo quell'annuncio:

Lettura tarocchi di Marsiglia disponibile all'interno su appuntamento. La veggente Madame Blanche al vostro servizio per conoscere passato presente futuro, più di trent'anni di esperienza. Esperta in lettura tarocchi di Marsiglia e astrologia con tema natale personificato.

La posizione dei pianeti al momento della nascita e la fase lunare vi aiuteranno a capire il vero significato della vostra esistenza.

Certo che continuando a passarci davanti ogni volta che doveva rientrare in albergo Eleanor si sentiva sempre più intrigata. All'inizio la divertiva ma poi pensò: «*Perché non provare?*»

Così un giorno di quelli grigi e piovosi col cielo basso tipici di quell'estate nordica decise che nel pomeriggio ci sarebbe entrata in quel negozio.

Tutto taceva intorno a lei. Bart era sparito di nuovo. Maxim non aveva più dato segni di vita. Non emergeva niente di nuovo. Assolutamente niente. In alcuni momenti prevaleva il senso di sconforto. Cosa cazzo ci faceva ancora a Bruxelles? Perché non riusciva a trovare delle risposte alla ricerca della *Madonna col Bambino?* Che senso aveva la sua esistenza? Perché sentiva che le risposte erano tutte in quel maledetto quadro? Non era forse meglio tornare in Italia e lasciar perdere tutto?

No, non poteva. Non ora, era troppo presto e poi lei era testarda non le piaceva lasciare le cose a metà.

L'incontro con Bart era stato forte, una serie di emozioni, sensazioni mai provate prima, lui la sconvolgeva ma lo temeva anche. Chi era mai in fondo quel Bart? Cosa mai sapeva di lui? Niente. Niente. A parte che era un investigatore di opere d'arte che gli era stato raccomandato da Maxim. A parte che il suo corpo la faceva impazzire dandogli una sensazione di voler abbandonare tutto e rifugiarsi con lui in un posto isolato e passare tutto il tempo a fare l'amore ridere scherzare, raccontarsi tutto e niente, parlare delle cose più segrete delle loro vite, scoprire le loro anime.

Ma chi era mai Bart Van der Meer? Forse aveva pure una moglie, dei figli ad Amsterdam? Oltre a dei begli occhi azzurri, naso importante e quella bocca dalle labbra piene, così sensuale.

Ebbene, no, era una giornata no.

Decise di vestirsi. Il solito vecchio paio di jeans e una giacca sulla maglietta nera. Lasciò i capelli sciolti in disordine che cadevano sulle spalle.

«Ok questo pomeriggio è aperto, vedo la luce del negozio accesa.»

Scese in fretta le scale, salutò frettolosamente il portiere e lasciò le chiavi della sua stanza.

Fuori era una giornata uggiosa. Attraversò in fretta la strada ed entrò subito con passo svelto nel negozio di articoli esoterici. Un profumo di incenso l'avvolse, era pieno di libri un po' di tutti i tipi, per la cura del corpo e dell'anima, di psicologia e parapsicologia.

Interessante pensò, mica male. Una ragazza alla cassa stava scannerizzando degli articoli. Di fronte vi era un grande cesto pieno di pietre di ogni tipo: cristalli, ametiste, ambra, quarzo rosa, quarzo bianco, acquamarina. Ogni pietra aveva un'indicazione particolare: il quarzo rosa era consigliato come pietra dell'amore, l'ambra per ridurre lo stress e proteggere dalle negatività, l'ametista per energizzare il corpo la mente e lo spirito. Le osservò attentamente e poi decisa si rivolse alla ragazza.

«Ho visto l'annuncio in vetrina vorrei farmi fare una lettura delle carte.»

«Oh sì certo» rispose con un bel sorriso la cassiera. «Prego mi segua da questa parte.»

Attraversarono un corridoio con scaffali pieni di libri, di fronte vi era una piccola porta. La ragazza l'aprì e vi infilò la testa:

«*Madame Blanche il y a une dame pour vous*. C'è una signora per lei.»

«*Oui, faites-la entrer*. Si, la faccia entrare.»

La ragazza si spostò e le disse:

«Prego entri pure.»

Appena dentro riconobbe lo stesso odore di incenso dell'ingresso. Il retrobottega non era molto grande ma accogliente: pieno di piante, libri, sfere di cristallo, una statuetta della Dea Madre, un libro in bella vista sullo Zoroastrismo, una serie di opere sull'astrologia Maya. Insomma, le sembrò un luogo magico e si sedette volentieri di fronte a quella donna in là con gli anni, con i capelli bianchi raccolti in una lunga treccia, dai begli occhi azzurri pieni di luce. Un volto pulito segnato dal tempo con solo uno strato di rossetto, l'unica cosa che attirava l'attenzione erano le sue unghie lunghe laccate di rosso viola. Il resto era semplicità.

«*Bonjour*, buongiorno» le disse.

«*Bonjour*» rispose Eleanor.

«Ecco... ho visto il suo annuncio. Eh, insomma… mi farebbe le carte?»

«Certo cara *avec plaisir*, con piacere. Dimmi il tuo nome cara.»

«Eleonora»

«Che bell'accento che hai di dove sei?»

«*Je suis italienne.*»

«E cosa ci fa un'italiana qui in questo paese freddo e grigio?»

«Be', tante cose.»

«Adesso lo scopriamo. Eleonora ti sei mai fatta leggere le carte?»

«No, è la prima volta.»

«Bene, allora ti devo chiedere di rispettare alcune regole. Primo non accavallare le gambe, non va bene bloccare l'energia. Secondo spegni il cellulare. Terzo togli tutti gli oggetti di metallo che indossi tranne che per l'oro e l'argento.»

Eleanor ubbidì, tolse subito un piccolo bracciale ma tenne gli orecchini d'argento.

«Ricorda che dovrai usare solo la mano sinistra che è quella del cuore.»

«D'accordo.»

«Come vedi qui hai i quattro elementi naturali: l'aria l'acqua il fuoco e la terra» e le indicò dei piccoli recipienti. «Ora iniziamo ma rilassati, non pensare ad altro, guarda intorno a te e respira profondamente l'ossigeno che emettono le mie piante. Concentrati sul verde la natura e l'energia che noi ne traiamo.»

Eleanor annuì come ipnotizzata.

Sul tavolo ricoperto da un tappetto viola con tutti i segni zodiacali a forma di cerchio vi era un vecchio mazzo di carte.

«Di che segno sei?»

«Sono una scorpione.»

«Ah! E conosci anche il tuo ascendente?»

«Sì, è in acquario.»

«Bene, molto bene, allora ci capiremo facilmente. Sei un segno d'acqua hai delle sensazioni molto forti, sei impulsiva, agisci d'istinto fai spesso dei sogni premonitori.»

Eleanor annuì: «Sì, è vero.»

«Ami molto la tua libertà e non ti piace che gli altri ti dicano cosa devi fare. Sei profondamente altruista, hai molti interessi e curiosità ma se ti fanno qualcosa ahimè... ecco che arriva la vendetta. Vendetta e rancore non ti lasceranno fino a quando non avrai preso la tua rivincita. Non cedi, fai la guerra fino in fondo.»

Eleanor sempre più divertita sorridendo rispose: «Sì sì, è proprio così.»

«Tenace e intelligente ma... Bene, adesso vediamo cosa dicono le carte, come vedi l'astrologia non mente.»

Iniziò a mischiare le carte con quelle sue mani dalle dita lunghe e affusolate e quelle unghie rosso viola che captavano l'attenzione di Eleonora. Divise il mazzo in due parti e poi chiese ad Eleanor di toccarlo sempre e solo con la mano sinistra. Lei lo mischiò ancora lasciando le carte sparpagliate sul tavolo e poi chiese a Eleanor di scegliere dal mazzo cinque arcani. Iniziò a posizionarli in ordine davanti a sé, e poi ancora cinque, e poi altri cinque.

Le ripeteva: «Lascia che sia la tua mano a scegliere le carte.»

Una volta terminato, lentamente, Madame Blanche iniziò a rigirale davanti a sé sempre seguendo l'ordine di estrazione. Ed ecco che delle figure strane di re, papi, papesse, cuori, denari, spade, bastoni, brillavano davanti a loro. Madame Blanche deglutì e poi fece come per prendere un bel respiro. Iniziò a parlare piano piano.

Nella prima fila del passato vi era una carta con una figura femminile la numero due la Papessa e poi subito vicino il Papa la numero cinque, un Asso di cuori e subito dopo un Sette di spade e un Fante di cuori.

«È successo qualcosa nel tuo passato, è strano, di solito abbiamo un Re e una Regina che rappresentano le figure degli anziani ovvero dei genitori. Ma qui ho due figure religiose il Papa e la Papessa dalla loro unione è nato qualcosa che poi è sfociato in una tragedia, ma qualcuno si è salvato.»

«Non riesco a capire, cosa c'entrano due figure religiose nel mio passato?»

«Vorrei capirlo anch'io.»

Eleanor sembrò delusa dalla risposta ricevuta.

«Ecco vediamo ora il presente. Uh, quante spade! C'è un po' di movimento, vedo l'arcano della Torre... Stai correndo dei rischi per qualcosa, per un oggetto che ti sta a cuore. Denari, sì quanti denari. È un oggetto di grandissimo valore.»

Eleanor annuì.

«Ci sono delle figure maschili intorno a te, un cavaliere di bastoni rovesciato. Attenzione ti sta dando la caccia... un uomo, un re rovesciato. C'è una figura maschile che è nella tua vita ma è disonesto.»

Eleanor pensò subito a Bart. Oddio lo sapeva che non doveva fidarsi di lui.

Ma la voce di Madame Blanche la distolse dai suoi pensieri.

«Vediamo gli arcani del futuro. C'è molto movimento, correrai dei rischi e scoprirai che avevi riposto la tua fiducia nella persona sbagliata.»

Ecco se lo sentiva che non doveva fidarsi di Bart, era lui quello che stava facendo il doppio gioco. L'aveva fregata e tutto per arrivare ad un quadro del Millecinquecento che avrebbe rivoluzionato il mondo dell'arte. Chi meglio di Bart poteva fare questo gioco?

Sospirò con il volto triste, la delusione le si leggeva in faccia.

«Al diavolo le carte» pensò. *«Era meglio se non l'avessi mai saputo.»*

Madame Blanche capì subito il suo stato d'animo.

«Mia cara non fare così, le carte possono darti un'idea generale di quella che è stata e sarà la tua vita, ma poi le cose vanno come devono andare. A volte non abbiamo molto potere sulle nostre vite.»

«Abbiamo un'eredità genetica che ci contraddistingue ma non siamo solo il risultato di un incontro fisico tra due persone. Gli egiziani credevano nel *Ka* lo spirito la forza vitale e nel *BA* ovvero l'anima, quel qualcosa di speciale che solo le persone possiedono, la parte divina che c'è in ogni essere umano. Per i greci era il *Dáimōn,* quello spirito divino che è insito in tutti gli esseri umani e che li rende unici, il *Genius* latino, uno spirito buono o cattivo che presiede al destino degli uomini dalla loro nascita alla morte.»

«Ascoltati e segui la tua intuizione. Trova il tuo *Dáimōn.*»

«Eh, dovevo venire qui per sentirmelo dire» pensò tra sé e sé.

Si alzò in piedi sussurrò un grazie e se ne andò.

«*Au revoir,* bonne chance. Arrivederci e buona fortuna mia cara!»

Passò alla cassa saldò il conto ed usci arrabbiata nell'ascoltare quell'augurio da Madame Blanche.

Ecco, me lo sentivo che non dovevo fidarmi di Bart, ho sbagliato e adesso sono in un bel guaio lui sa del quadro e non si arrenderà. Me lo farà sparire nei meandri del mondo dell'arte per impossessarsi del denaro e avere una bella commissione sulle vendite. Ed io non saprò mai qual è il mio passato e da dove vengo. Altro che *Dáimōn*!

La risposta è in quel quadro.

Devo ritrovarlo!

VII

Il detective di opere d'arte

I dubbi l'assalivano sempre di più. Cos'era venuta a fare a Bruxelles? Perché Maxim aveva insistito così tanto per farla venire in quella città? Luglio era arrivato, i giorni passavano e non succedeva niente. Eppure, aveva seguito tutte le indicazioni di Maxim. Prima le aveva organizzato l'appuntamento con Margot dicendole che era sulla buona strada e spiegandole l'importanza di ritrovare *la Madonna col Bambino* di Jacopo della Fonte. Ma Margot non le era stata affatto d'aiuto, anzi, sembrava che volesse prenderla in giro. In fondo anche lei non era stata troppo convincente nel suo ruolo di finta giornalista che voleva farle un'intervista sulla sua professione e poi cercare di portarla a parlare del quadro, così come le aveva suggerito Maxim.

Ma niente, non era successo un bel niente. Eppure, aveva cercato indirettamente di lanciarle un messaggio ma Margot non l'aveva più ricontattata.

Che dire di Bart? Il bel detective olandese di opere d'arte...

Certo le piaceva molto. Era stato stupendo il modo in cui l'aveva amata. Gli piaceva la sua pelle e quei suoi occhi azzurri, profondi, ma impenetrabili allo stesso tempo.

Ma perché continuava a sparire? Anche qui era stato Maxim che l'aveva messa nelle sue mani elogiandolo.

Ma perché cazzo non succedeva niente in quella maledetta Bruxelles? E se fosse ritornata in Italia da Paolo e Giovanna? Protetta nella sua casa e dalle loro cure amorevoli.

Gli voleva bene, un bene immenso, gli era enormemente grata per tutto quello che avevano fatto per lei. Che ne sarebbe stato di lei se Paolo e Giovanna non l'avessero adottata? Non riusciva proprio ad immaginarlo.

Le lacrime le riempirono gli occhi. Non doveva smettere nella ricerca della *Madonna col Bambino,* lo doveva fare anche per loro non solo per sé stessa. Tutto l'amore che le avevano dato nel corso dei suoi trent'anni, tutto quello che le avevano insegnato e le possibilità economiche che le avevano permesso di fare degli studi senza dover lavorare come molte altre sue compagne. Ma lo doveva anche a sé stessa, quel quadro rappresentava la risposta alle sue domande.

Chi l'aveva messa al mondo? Chi era quella donna che l'aveva partorita e poi abbandonata in ospedale per darla in adozione? E chi era quell'uomo che con il suo seme aveva dato inizio ad una nuova vita nell'utero di una donna, sua madre?

Certo era stata fortunata ad essere stata adottata da Paolo e Giovanna ma… Ma restava quel senso di angoscia, di vuoto, quel desiderio di scomparire che la prendeva ogni tanto che le faceva mettere una distanza tra sé e gli altri che la faceva isolare nel suo mondo.

Più volte ne aveva parlato con Maxim e lui era convinto che doveva ritrovare quel quadro, e aveva insistito così tanto che venisse a Bruxelles. Così come aveva insistito con Paolo perché tirasse fuori quel vecchio documento che per molto tempo aveva custodito e che attestava la sua proprietà sulla *Madonna col Bambino*.

In quel quadro c'erano le risposte alle sue domande.

Maxim era adorabile con la sua barba folta, i suoi occhiali spessi, quel ventre gonfio da buongustaio e quell'accento da francese del Québec. Quando parlava in francese la faceva ridere. Tutto sommato lo preferiva quando parlava in italiano anche se era un italiano stentato. Con Paolo si conoscevano da una vita. Fin da ragazzo Paolo passava le estati in Canada da Maxim e poi lui veniva spesso in Italia a stare con la famiglia del suo amico d'infanzia. In seguito al suo matrimonio si era trasferito a Bruxelles dove continuava ad esercitare la sua professione di avvocato e vi era rimasto anche dopo il divorzio dalla moglie belga.

Presa dal dubbio iniziò a cercare sul web notizie in merito a Bart Van der Meer. Veniva fuori una serie televisiva alla quale aveva partecipato per dare informazioni su come ritrovare un'opera d'arte scomparsa e la società che aveva creato ad Amsterdam con un gallerista. Ah, ecco... un giornale in lingua fiamminga *De Tijd*, solo che non riusciva a capire una parola. Bene, ecco qui con il traduttore aveva trovato la soluzione traducendo l'articolo in inglese. Interessante... ma guarda. Si diceva che Bart, astutamente, con l'aiuto di alcuni complici aveva fatto sparire alcune opere d'arte, certo non di grande valore, ma per poi prendersi il merito di averle ritrovate. *Bastardo*! Pensò tra sé, ecco come mi sono fatta fregare da questo olandese. È chiaro che non riuscirò mai a ritrovare *la Madonna col Bambino,* questo è un delinquente, non mi aiuterà di certo! Ma perché Maxim l'aveva messa nelle mani di un individuo del genere?!?

VIII

Margot

Margot continuava a lamentarsi al telefono che gli affari andavano male. La prostituzione non rendeva più come una volta. Adesso c'era troppa concorrenza sul mercato, tutte quelle ragazze dei paesi dell'est che si vendevano per poco o nulla, avevano rovinato un mercato florido nella capitale europea dove c'era sempre stato molto movimento. E poi alcuni bordelli avevano iniziato anche ad offrire sex dolls, bambole gonfiabili, ai clienti così non avevano più bisogno di molte sex workers. Oramai non c'erano più regole non era più come ai suoi tempi, quando aveva iniziato lei da Madame

Claude erano i tempi d'oro, si facevano un sacco di soldi. La clientela era di gran classe: uomini d'affari, politici, deputati del parlamento europeo, per lei che conosceva le lingue straniere con l'inglese il francese e il fiammingo, il lavoro andava a gonfie vele. Certo poi quando aveva voluto smettere perché innamorata di quel suo cliente, un poliziotto, aveva conosciuto un periodo di crisi.

All'inizio era stato stupendo poi era nato il bambino e Richard aveva perso il lavoro, era sempre ubriaco. Che beveva l'aveva notato fin dall'inizio ma non le sembrava una cosa grave, non gli aveva dato peso. Tutti gli uomini hanno delle dipendenze. Lei lo sapeva bene, se non era l'alcol o la droga era il sesso. Chi meglio di lei poteva dirlo?

Solo che una sera quando era tornato a casa ubriaco fradicio e l'aveva picchiata così tanto da farla sanguinare aveva deciso di scappare via col bambino. Temeva per le loro vite.

In un primo momento era finita in un alloggio popolare trovatole dall'assistente sociale. Poi lentamente, di nascosto, aveva ripreso il vecchio mestiere. Aveva paura che le portassero via il bambino perché non aveva un reddito. E cosa poteva mai fare lei che non aveva un titolo di studio, una professione? Aveva solo un corpo, un bel corpo e ci sapeva fare con gli uomini. Aveva come un sesto senso, ogni volta che se ne trovava uno davanti capiva subito cosa voleva… e lei ci sapeva fare. Era una grande attrice da premio Oscar. Dopo trent'anni di questo mestiere ne aveva viste tante e oramai si diceva che esiste il Dio delle puttane. Teneva sempre con sé una piccola immagine sacra e ogni sera prima di addormentarsi si affidava a lui nelle sue preghiere.

Perché dopo tanti anni continuava ancora con questo mestiere? Era il piacere dei soldi. Era inutile che la gente trovasse tante scuse. Ecco, la sua era una dipendenza dal denaro. Non c'era piacere più grande di quello di contare i soldi alla fine dell'ultimo servizio della giornata di lavoro. Il denaro, il denaro era tutto, l'unico valore a cui tenesse ancora.

Con suo figlio aveva rapporti sporadici, lo aveva lasciato in un collegio, certo uno dei migliori, gli aveva dato la possibilità di studiare anche se lui non ne aveva mai avuto voglia. Lui le aveva anche creato non pochi problemi nel periodo in cui si drogava di brutto tanto che era stata costretta a farlo rinchiudere in una comunità. O la comunità o la prigione. Quando ne era uscito aveva incontrato quella ragazzetta da quattro soldi insignificante e si erano messi subito a convivere, ma chi garantiva l'andamento finanziario delle loro vite? Era lei. Sempre lei.

Non aveva mai lavorato un giorno in vita sua. Mai. Ultimamente si sentivano qualche volta al telefono, lui lo sapeva che mestiere faceva ma non ne avevano parlato più di tanto. La vita delle persone non si può cambiare. E la storia era finita lì.

Certo, se non fosse stato per i seminaristi e il monsignore della *Sainte Chapelle* vicino al suo quartiere, avrebbe potuto chiudere baracca e burattini. Lavorava ancora bene con loro, le rendevano bene.

Arrivavano sempre di fretta e di nascosto. Una volta finito scappavano via subito. Avevano come uno sdoppiamento della personalità, come se non fossero stati loro i protagonisti. Non avevano proprio niente di spirituale. Tutt'altro!

In fondo le facevano pena, avrebbero dovuto passare tutta la loro vita così sdoppiandosi, predicando una cosa in pubblico e facendo l'opposto in privato.

Anche con loro si vedeva un certo calo nel lavoro non era più come negli anni passati. Negli ultimi tempi il seminario era pieno di omosessuali, anzi molti abbracciavano la vita religiosa proprio perché sarebbero stati a contatto solo con le persone dello stesso sesso, era cosa risaputa.

Si era ricordata che il giovedì era il giorno del Monsignore da anni la frequentava regolarmente ogni volta che era a Bruxelles, oramai si era instaurato un certo rapporto e spesso le diceva:

«Mia cara Margot cosa avrei fatto senza di te? Che ne sarebbe stato della mia vita monastica se non avessi avuto il tuo conforto fisico?»

Le era grato per tutto il sesso che avevano fatto in quegli anni che gli aveva permesso di continuare a stare dentro la Chiesa pur espletando le sue funzioni fisiologiche con Margot.

Per riconoscenza una volta, oltre a tutto il denaro che le dava, le aveva lasciato un quadro molto bello. Vi era il volto di una giovane donna con un velo celeste sulla testa che teneva tra le braccia un bambino grassottello. Tutto era armonia, i volti, i colori, il paesaggio che si intravedeva sullo sfondo.

Ultimamente però i seminaristi le sembravano tutti un po' nervosi come se qualcosa li preoccupasse. Il Monsignore negli ultimi tempi le aveva chiesto indietro il suo quadro. Margot l'aveva guardato a lungo e un po' dispiaciuta gli aveva detto che glielo avrebbe restituito dato che Monsignore le aveva pagato un lavoretto il doppio.

Solo che non capiva il perché di quella richiesta e continuava a non capire cosa c'entrasse quella troietta italiana che si era presentata da lei per farle un'intervista sulla professione più vecchia del mondo e poi aveva continuato a farle delle domande sul quadro. Naturalmente non aveva risposto, e poi lei che ne sapeva dell'arte? Lei si intendeva solo di uomini.

IX

Monsignore

Il ritiro spirituale nel monastero *Mater Ecclesiae* a Charleroi era molto rigido non si poteva parlare ma solo pregare e digiunare, solo che padre Geert aveva un'urgenza: doveva assolutamente parlare con Monsignore Carlo Maria Mattanzi.

Gli erano sembrati troppo furbi quei due e se non li si fermava in tempo sarebbero arrivati dove volevano arrivare. Ci teneva molto al suo incarico. Sapeva che se avesse gestito bene questa faccenda senza far emergere degli scandali sarebbe diventato prelato. A quarantasette anni di età la promozione era assicurata glielo aveva fatto capire monsignor Mattanzi.

Questo significava andare a vivere a Roma, nella bella Roma piena di vita e di sole e lasciare quel maledetto posto grigio e piovoso che era Bruxelles. Avrebbe avuto a sua disposizione un bell'appartamento molto grande completamente arredato con ogni confort, proprio in centro, con personale di servizio tutto per lui. Si sarebbe ritrovato tra la cerchia di quelli che frequentano il Papa e cosa significava questo? Soldi. Molti soldi. Eh sì, perché frequentare quelle persone voleva dire entrare nel giro di affari più importante del mondo: banche, finanza, investimenti gli avrebbero aperto molte porte e quante bustarelle avrebbe preso. Tante!

Ecco perché doveva gestire bene questa storia del quadro come gli aveva raccomandato Monsignore. Quel quadro doveva restare nascosto non doveva arrivare alla ragazza. E che ragazza. Ogni volta che ci pensava gli veniva in mente la scena della chiesa e… aveva un'erezione. Ma adesso no, doveva controllarsi perché doveva parlare con Monsignore. Decise di scrivergli un biglietto. Glielo fece scivolare sotto la porta del suo studio.

Monsignore non tardò molto nel mandarlo a chiamare.

«Ebbene cosa c'è di così importante da dovermi disturbare durante la settimana del ritiro spirituale?»

«Il quadro Monsignore... Sono quei due che continuano ad andare in giro a chiedere del quadro, oramai la notizia si sta diffondendo in tutta Bruxelles. Sono stati anche al convento *Sainte Marie* dalle benedettine di Loppem, la madre superiora, suor Ilse, mi ha avvisato subito.»

«Bisogna fermarli. La chiesa non vuole scandali. È stato così per secoli, certe cose non devono uscire dalla chiesa. Quella ragazza non deve avere il quadro costi quel che costi. Se le ho affidato l'incarico è perché so che lei è l'unica persona capace di risolvere questa faccenda altrimenti non l'avrei fatto.»

Gli disse con tono lusinghiero.

«Sì, Monsignore, capisco. Può contare su di me. Farò tutto quello che è necessario.»

Se ne andò in silenzio a testa bassa.

Ritornato nella sua cella pensò al quadro e si disse: *«Quella puttanella non l'avrà. Io voglio andare a Roma!»*

Monsignore chiamò l'inserviente e si fece portare il pranzo. Certo per lui non valeva la regola del digiuno, alla sua età non aveva nessuna intenzione di digiunare e poi nel monastero si mangiava così bene. Si iniziava al mattino con succo d'arancia appena spremuto, solo con arance rosse selezionate arrivate direttamente dalla Sicilia. Thè o caffè a scelta, ricotta fresca già spalmata su delle fette biscottate croccanti con un filo di miele al castagno o millefiori proveniente dall'alveare del convento, frutta di stagione già tagliata a pezzetti pronta per essere gustata. E che dire del pranzo? Uhm… il menu era dei più ricchi e variati: vol au vent farciti come antipasti, o misto di salumi delle migliori marche italiane, ravioli fatti in casa, o fettuccine al salmone, o penne rigate all'arrabbiata… E il secondo: anitra all'arancia farcita con contorno di patate al forno, sogliola alla mugnaia o filetto persico, verdure di stagione e un'insalatina di lattughino fresca e croccante dell'orto condita con solo un filo di olio extravergine spremuto a freddo e aceto balsamico di Modena, quello più caro in assoluto in boccettine da mezzo litro. E poi una scelta variegata di formaggi: pecorino sardo, caciotta, provolone, parmigiano reggiano, fontina, formaggini di capra sott'olio. Caprice des dieux, camembert, brie, roquefort, quei deliziosi formaggi francesi che si scioglievano in bocca. Torta della casa come dessert. Che gustose quelle crostate fatte con la miglior frutta fresca disponibile sul mercato, o quelle crème brûlée, o la tarte tatin o tarte au citron, da farsi venire l'acquolina in bocca. Il tutto innaffiato dai migliori vini italiani o francesi conservati nelle cantine del monastero che presentavano una temperatura e un'umidità ideale. E per finire un cafferino e spesso e volentieri un goccino di limoncello per aiutare la digestione. E la sera? Che delizia quelle minestrine con verdure fresche e pastine all'uovo e poi una scelta di affettati misti o formaggi misti, un frutto: una mela o una pera cotta e via, così si era più leggeri per non affaticare la digestione durante la notte.

Si godette il suo pranzo assaporando boccone per boccone. Una volta terminato, mentre sorseggiava il suo digestivo, ripensò alle parole di padre Geert. Questo lo riportò indietro nel passato.

Era ancora giovane e magro, aveva preso i voti da poco e tutte le mattine andava a dire la messa nel convento di Santa Chiara nella contrada delle Vigne su verso Monteceneri. Dopo la prima messa della mattina era solito restare a prendere un caffè con la madre superiora, suor Costanza. Lei era già in là con gli anni però c'era qualcosa nella sua voce e nei suoi gesti che la faceva sembrare ancora piacevole. Insomma, era amorevole con lui e protettiva nei confronti della sua giovane età.

Fino a quando, una mattina, dato che Padre Carlo si lamentava di un dolore alla cervicale la madre superiora, sempre con fare amorevole, estrasse dal cassetto della sua scrivania una pomata all'arnica fatta lì in convento con le loro piante. La riteneva miracolosa. Si avvicinò e lui si sbottonò il collarino.

Con molta delicatezza gli fece un massaggio al collo facendogli scomparire il dolore all'istante. Lui si alzò sollevato e grato per quel gesto girandosi verso di lei per ringraziarla. Solo che lei improvvisamente gli si avvicinò. Preso così alla sprovvista il giovane prete non osò ribellarsi, né tirarsi indietro.

Da quel giorno diventarono amanti. E quante cose imparò da quella donna già in là con gli anni che non ci metteva niente a sollevarsi la tonaca e scoprirsi così mostrandogli ogni volta una biancheria intima che lo stordiva: di raso o di seta, con reggiseno imbottito a balconcino finemente ricamato. E quelle guêpière trasparenti così intriganti e maliziose… La cosa andò avanti per un bel po'. Lui era un giovane prete alle prime armi lei una navigata madre superiora che oltre ad insegnargli le tecniche dell'amore gli elargiva favori a non finire. Fino a quando, a un certo punto, dovette lasciarla a malincuore. L'avevano trasferito a Bruxelles in un convento con annesso seminario: la *Sainte Chapelle*.

Lei gli ultimi tempi era un po' nervosa. Gli diceva di avere molti problemi e così gli chiese di portare via al più presto *la Madonna col Bambino*. Lui obbedì, non gliene fregava niente di quel quadro. Gli fregava piuttosto il fatto che non avrebbe più rivisto la madre superiora.

È strano dopo tutti questi anni i ricordi riaffioravano. Quanti anni erano passati. Arrivato a Bruxelles, al seminario, gli diedero subito l'indirizzo di Margot e così dimenticò in fretta la madre superiora. Certo aveva capito che quel quadro doveva restare nascosto. Questa era la Chiesa, c'erano degli ordini e si doveva obbedire anche se si avevano dei privilegi com'era per lui.

X

Padre Geert

Maxim non si capacitava del fatto di non avere più notizie di padre Geert. Era riuscito a conquistare la sua fiducia durante la causa legale in merito ai terreni che per anni erano appartenuti alla curia ma di cui alcuni vicini reclamavano la proprietà. Quando si era presentato nel suo studio padre Geert De Cock gli aveva esposto la faccenda e lui non aveva esitato un minuto a dare la sua disponibilità ad occuparsi di quella causa intentata dai vicini contro la curia. Conosceva bene il giudice del tribunale di Bruxelles ci aveva già lavorato per altre cause civili e sapeva che bastava - oliarlo - un po' e avrebbero vinto la causa. Ma fece finta di palesare complicazioni su complicazioni in modo da far aumentare la parcella ai suoi clienti del convento.

Era padre Geert il tuttofare del Monsignore, il suo referente per ogni questione. Così, poco a poco, e da buon avvocato comprendendo la psicologia del suo cliente, riuscì a guadagnare la sua fiducia. E poi con la vittoria della causa e l'articolo su *De Morgen* aveva raggiunto ciò che voleva. Padre Geert, sul finire, accennò a delle icone russe e a dei quadri. Maxim capì che si trattava di qualcosa di importante e ripensò a quello che gli aveva detto Paolo in passato. Eleonora doveva venire a Bruxelles. Doveva a tutti i costi ritrovare *la Madonna col Bambino.*

***

Padre Geert eseguiva alla lettera il volere di Monsignor Mattanzi e quando gli era stato chiesto di recarsi da Margot per riprendere il quadro non aveva osato fare delle domande. Doveva solo eseguire degli ordini e solo in quel modo sarebbe arrivato dove voleva... a Roma con un posto di prestigio in Vaticano, nell'Alto Clero, vicino alla cerchia del Papa e con tutti i vantaggi che questo comportava. Da tempo si dedicava allo studio dell'italiano che era abbastanza facile per lui dato che era un latinista e parlava più lingue. Per nulla al

mondo avrebbe rinunciato a Roma lui che aveva passato tutta la sua vita tra Gent nelle Fiandre Orientali e Bruxelles. Non era disposto ad invecchiare alla Sainte Chapelle ad occuparsi dei seminaristi.
Voleva di più!

Sapeva chi era Margot. Lo sapevano tutti in seminario e come avrebbero potuto non saperlo? Appena arrivati e rossi di desiderio i giovani seminaristi venivano indirizzati sottovoce da lei. In fondo era un modo per tenerli a bada. Uno sfogo fisico ogni tanto e così si potevano controllare meglio e inculcargli più facilmente -la dottrina- perché diventavano più malleabili passivi accondiscendenti.

Era questo che voleva la Chiesa, degli esseri passivi, accondiscendenti, ubbidienti senza una propria capacità di opinione ma capaci solo di ripetere quello che la Chiesa diceva da secoli.

Quando si recò da Margot la trovò con una sottoveste di raso che le segnava il corpo morbido e florido di una donna di mezza età con scarpe con i tacchi alti. Un bel volto segnato dalle rughe e una bocca carnosa, ma lei lo guardava in modo diffidente. Come al solito lui era di poche parole. Era abituato a non parlare ma ad agire dietro le spalle della gente.

«Dammi il quadro» le disse.

«Eccolo è là sul tavolo avvolto nella carta di giornale.»

Lo guardò subito per essere sicuro che fosse veramente il suo quadro. Non appena lo vide non ebbe più alcun dubbio. *La Madonna col Bambino* lo guardava dritto negli occhi era presente e distante allo stesso tempo. I colori erano gli stessi che gli avevano descritto. Lo girò e capì subito perché la chiesa non voleva che quel quadro circolasse in giro. Non disse una parola in più.

Nel frattempo, Margot si era seduta sul divano. Da brava professionista si era detta subito questo non esce di qui se prima non lascia un po' di denaro.

Lo guardò e gli disse: «Vuoi venire in stanza con me?»

Padre Geert fece cenno di no con la testa ma le si avvicinò con gli occhi arrossati di desiderio. Lei capì al volo e gli disse: «Lascia prima i soldi sul tavolo.»

Detto fatto. Le fu sopra in un istante e finì velocemente. Scosse la testa senza un gemito. Poi si tirò su, si abbottonò subito i pantaloni e senza nemmeno guardarla prese il quadro e uscì di fretta.

Margot si alzò dal divano e prima di andare a lavarsi corse a contare i soldi e un sorriso beffardo le illuminò il volto.

In seminario corse subito da Monsignor Mattanzi. È tutto a posto gli fece capire con un cenno del capo.

«Devi trovare tu un luogo sicuro dove nasconderlo io qui nel mio ufficio non lo voglio.»

E lo trovò quel luogo sicuro! Prima di farlo sparire, lo avvolse in un drappo di cotone bianco e poi lo rinchiuse in una scatola di metallo. Ogni volta che ci pensava sentiva come un brivido. Solo con Maxim gli era sfuggito qualcosa ma era sicuro che non avrebbe mai capito niente tanto era preso da sé stesso e da come si era vantato per aver vinto la causa dei terreni della curia.

A padre Geert non interessava molto il sesso, uomini o donne erano lo stesso per lui. Preferiva l'ebbrezza che gli dava il potere. Dopo tanti anni nell'ordine sapeva bene come funzionavano certe cose. C'erano giovani seminaristi che erano disposti a tutto pur di fare carriera. Non esitavano a diventare gli amanti di vecchi monsignori e vescovi. Altri continuavano a mantenere delle relazioni con delle donne al di fuori del seminario. Ma la maggior parte andava a puttane. Grazie a loro la vita monastica diventava più sopportabile. Certo ogni tanto si era fatto anche lui qualche ragazzetto. E perché mai avrebbe dovuto tirarsi indietro? Lo facevano tutti. Le donne non gli dicevano un granché.

Solo che da quando aveva assistito a quella scena nella chiesa di Saint Pierre... di quella donna posseduta dal diavolo che si lasciava amare in quel modo ne era rimasto sconvolto, e non poteva far a meno di pensare a lei... sempre più spesso.

Ma perché quella ragazza era in giro per Bruxelles a fare domande sul quadro? Doveva mettersi pure lei a creare dei problemi e rendergli più complicata la sua promozione a Roma.

Era disposto a tutto pur di arrivare a Roma e di fare la bella vita nell'Alto Clero, non l'avrebbe di certo fermato lei con quel suo maledetto quadro.

XI

Ah, l'amore!

Eleanor aveva pensato e ripensato a Bart così aveva deciso di stare al gioco. In fondo cosa ci avrebbe perso se Bart non era libero, se l'aveva usata, se era un mezzo trafficante nel mondo dell'arte anziché un serio investigatore. Decise che l'avrebbe chiamato lei. Provò più volte ma non rispondeva al cellulare. Allora si disse:

«Ecco sarà con la moglie e i figli e non può rispondere.»

«Accidenti agli uomini.»

Verso sera Bart la chiamò:

«Baby ho visto che mi hai cercato c'è qualche novità?» le chiese con voce fredda.

Ma Eleanor fece finta di ignorare il suo tono e cercò di essere amorevole.

«Mi manchi, desidero vederti, tutto qui.»

«Sai ho visto che da Bruxelles ad Amsterdam in treno sono solo due ore e se venissi da te a passare il fine settimana non sarebbe bello?»

Bart sospirò «Uhm», ma non disse niente.

Allora lei rincarò la dose: «Desidero rivederti, stare ancora vicino a te.»

Bart sospirò di nuovo: «Uhm…» e aggiunse: «Non sai quanto lo desidero io! Cosa darei per risentire la tua pelle il tuo profumo ma ora, in questo periodo, non è possibile. Non posso.»

«COME NON PUOI?» urlò alterata Eleanor.

«Che risposta stupida! Ti fai vivo ogni tanto mi ami e poi sparisci. Che uomo sei? E poi cosa stai facendo con il quadro? Non so più niente di niente.»

Ecco si era ripromessa di non arrabbiarsi ma invece la rabbia stava prevalendo e il suo tono diventava sempre più duro.

Si sentì urlare: «Non ne posso più. Vai al diavolo tu e il quadro. Non ne voglio più sapere!» e riattaccò.

Bart la richiamò subito ma lei non rispose. Continuò a richiamarla fino a quando Eleanor si decise a spegnere il telefono e arrabbiata con sé stessa e il resto del mondo, sentendo che una delle sue crisi stava arrivando, si chiuse in camera si mise le cuffie ed ascoltò Mozart.

Quando stava così male l'unico rimedio era isolarsi da tutto e da tutti. Si diceva che il mondo sarebbe andato avanti anche senza di lei.

Per due giorni non rispose al telefono. Quando lo riaccese trovò i messaggi di Bart in cui le prometteva che le avrebbe spiegato tutto a breve, che doveva avere pazienza che il suo lavoro non era facile, che aveva momenti così in cui doveva occuparsi solo del suo lavoro, che poteva essere pericoloso per lei se si vedevano troppo spesso. Ma che la desiderava, che voleva vederla ancora e ancora, che non solo voleva fare ancora l'amore con lei ma voleva sapere tutto di lei. Qual era il suo cibo preferito, il suo colore preferito, la sua stagione preferita? Le piacevano le poesie? Ebbene avrebbe scritto una poesia solo per lei.

«Bastardo!» pensò Eleanor. «E adesso cosa faccio con quest'uomo? Che non so neppure chi sia, che potrebbe essere un delinquente trafficone nel mondo dell'arte, che potrebbe avere una moglie ad Amsterdam e dei figli. Cosa faccio?»

«*Niente*» rispose tra sé e sé.

«Lasciamo che le cose accadano. Non importa come andrà tra me e Bart ma voglio ritrovare la Madonna col Bambino. Non mi arrenderò.»

Anche Maxim l'aveva cercata lasciandole un messaggio. Così decise di prepararsi e andare direttamente nel suo ufficio.

Una volta arrivata da lui Maxim fu cordiale e affettuoso come al solito.

«*Ma petite te voilà,* eccoti piccolina mia» e la strinse forte in un abbraccio paterno.

«Come sei pallida! Ma hai mangiato? Che ne dici se ce ne andiamo alla *Maison du Cygne* in rue des Pretes e ci facciamo un bel piatto di *moules - frites,* di cozze e patatine fritte con un buon boccale di birra belga?

«È una buona idea» rispose Eleanor.

«Tesoro come sta andando? Ci sono novità per il quadro?»

«No, sinceramente niente, a parte il fatto che Bart non mi sembra che faccia il suo lavoro fino in fondo. Ma che cavolo di indagini sta facendo? Non è mai a Bruxelles.»

«No, non devi pensare questo. Le indagini si possono fare anche a lunga distanza non necessariamente sul posto.»

«A proposito mi ha chiamato più volte era preoccupato perché non gli rispondevi. Anche tu devi collaborare di più piccola mia. Comunque sta arrivando, sarà a Bruxelles a breve.»

«Vieni mia cara una bella mangiata e un po' di birra ti tireranno su di morale.»

«Cosa farei senza di te» gli rispose Eleanor baciandolo sulla guancia.

XII

Va tutto a puttane

Bart era sulla pista di Margot. Aveva indagato a fondo su quella donna, conosceva tutto di lei chi frequentava dov'era il suo pied à terre chi erano i suoi clienti. Il suo fiuto di detective gli diceva che Margot poteva aver avuto qualcosa a che fare con il quadro. Decise di andarla a trovare.

Quando entrò lei lo guardò subito con quell'aria da intenditrice di uomini.

«Vieni vieni, entra pure.»

C'era un profumo molto forte all'interno. Sbrigativamente lei gli disse: «Ecco leggi lassù quel cartello quelle sono le mie tariffe ma per te che è la prima volta che vieni posso fare anche uno sconto», aggiunse con aria da furba.

Bart era un po' in imbarazzo. Non era sua abitudine andare a puttane. Non gli era mai piaciuto neppure quando si era trovato solo come un cane per lunghi periodi. Ma adesso era una questione di lavoro doveva fingere di avere una certa dimestichezza, anche se non era facile perché Margot davanti a lui aveva già capito con che tipo di cliente aveva a che fare.

Lui DOVEVA conquistare la sua fiducia!

«Beh... olandese... il tempo è denaro... cosa vuoi fare?» gli disse mentre si avvicinava a lui.

Bart con un cenno indicò il servizio e rispose: «Ok procedi, ma ti pago il doppio.»

Ma non funzionò. Nonostante tutte le abilità che possedeva Margot, non funzionò. Non ci fu verso.

A un certo punto Bart le disse: «Ok basta finiamola lì.»

Margot con aria materna e rassicurante: «Tesoro non preoccuparti, sei bello lo stesso...»

Al che Bart scoppiò in una risata.

«Senti ce l'avresti un bicchiere d'acqua?»

«Ma certo amore mio vuoi anche un whisky?»

«Oh no, solo acqua grazie», e si sedette vicino al tavolo.

«Margot ti pago la mezz'ora che resterai con me.»

«Ah sì» fece lei «Vuoi che ci riproviamo?»

«Oh noo, parliamo.»

«Ah, sei uno di quelli che va a puttane per parlare, dovevi dirmelo subito. Cosa c'è piccolino mio che non va nella tua vita? Hai scoperto che tua moglie ti tradisce e ti vuoi vendicare?»

«No, non è esattamente così.»

«E allora?»

«Vedi, ho studiato arte»

«Ah bene! E io ho passato tutta la mia vita a studiare cazzi.»

«Sì lo so...ah no, non volevo dire questo.»

Ed entrambi si misero a ridere.

«Ho visto un quadro in una rivista d'arte, forse tu potresti aiutarmi.»

Margot lo guardò perplessa.

Bart continuò: «È una *Madonna col Bambino*, ha in testa un velo celeste e sullo sfondo vi è un paesaggio.»

Non fece in tempo a finire la frase che Margot trasalì.

«Non so niente, io non me ne intendo di quadri, mi occupo di ben altro!»

Bart capì subito che Margot sapeva e il suo fiuto di detective gli disse di non insistere.

«Bene» fece Bart. Si alzò e con fare amorevole prese le mani di Margot tra le sue dicendole: «Sei una grande donna.»

O forse intendeva… una gran bugiarda.

Ma voleva lasciarle una buona impressione.

«Dai Margot, ci rivedremo, e magari ci faremo quattro risate dopo un incontro d'amore.»

«Certo» rispose Margot mentre gli apriva la porta.

Quando se ne andò rimase un attimo a pensare a quello che era successo. Lei che se ne intendeva di uomini e che soprattutto ci sapeva fare, aveva capito subito di aver davanti a sé un uomo di un certo tipo, diverso. Sì, diverso dagli altri. Questo non era certo il tipo d'uomo che voleva solo una relazione fisica. Ecco era un passionale uno mosso dalle passioni, dalla curiosità. Bello, certo, e ben piazzato.

Ma non ebbe molto il tempo per pensarci che già stavano bussando. Un altro cliente si disse: «È una buona giornata!» e corse subito alla porta ad aprire.

Ecco lì davanti a lei, padre Geert.

«Vieni bello seguimi!»

Non fece in tempo a finire la frase che si trovò un coltello puntato alla gola. Le ci volle un momento per riprendersi. Certo le era capitato diverse volte di essere derubata dagli incassi della giornata, o di incontrare qualche maniaco che voleva farlo gratis o che solo aveva piacere a violentarla picchiarla e pure derubarla. Col tempo aveva imparato a gestire questo tipo di situazioni. Respirò a fondo e con voce calma gli disse: «Cosa vuoi caro?»

«Il quadro.»

«Ma il quadro te l'ho già restituito.»

«No, quel tizio cosa voleva del quadro?»

Margot si riprese subito e rispose: «Ma niente.»

Il prete la serrò più forte e le fece sentire la lama del coltello sul volto.

«Il tuo bel volto che ne sarebbe se fosse sfigurato e non potessi più lavorare.»

Margot deglutì. «Io non ho detto niente. Niente. Niente!»

«Ma lui cosa voleva?»

«Distrarsi un po'»

«Puttana mi prendi in giro.»

«Noo, ti giuro voleva… divertirsi… ecco tutto. Ma poi ha parlato dicendo che ha giocato a calcio nei dilettanti. È tutto.»

«Il quadro! Dimmi del quadro!»

«Ma lui non ha detto niente del quadro. Ti giuro! E poi io non so niente del quadro io non ho MAI VISTO UN QUADRO io non me ne intendo di quadri! Chiunque mi chieda qualcosa di quadri IO NON SO NIENTE!»

«Non sapevo niente prima e non so niente adesso.»

Il fervore con il quale Margot proferì quelle parole lo convinsero. E poi pensò: *«Se la faccio fuori adesso ci saranno delle indagini, non mi conviene.»*

Le diede uno spintone e la lasciò per terra richiudendo la porta dietro di sé.

Ma Margot non era stupida. Puttana sì stupida no, per cui le informazioni non gliele aveva proprio date.

Bart dall'auto a noleggio sulla quale era salito subito dopo aver lasciato Margot si era accorto di quell'uomo che era entrato con aria furtiva e frettolosa da Margot. Aspettò.

Aspettò nascosto nella macchina e lo vide uscire con quella faccia tirata da beccamorto, il viso pallido con labbra sottilissime, quel naso aquilino con la punta in giù e quella testa a forma d'uovo spelacchiata con pochi capelli grigi. E gli occhi, che occhi infuriati! Ma quell'uomo non era un cliente.

Era un prete.

XIII

La Sainte Chapelle

Eleanor non riusciva a dormire dopo la telefonata di Bart. Sembrava agitato e impaziente di vederla. Diceva di avere qualcosa di importante da comunicarle e lei si chiedeva se fosse più in ansia all'idea di rivederlo o di sapere qualcosa della *Madonna col Bambino*.

Fu puntuale all'appuntamento come al solito in un luogo appartato. Si ritrovò Bart appiccicato alla sua schiena che sembrava la stesse annusando con gli occhi che gli brillavano. Ma lei si scostò di colpo non voleva dargli l'impressione di essere felice di rivederlo. Il suo sguardo era triste. Bart lo vide subito.

«Eleanor non disperare non cedere proprio adesso dai che ci siamo» le disse sottovoce.

Lei non poté trattenere le lacrime e con un sospiro rispose: «È dura, dopo tutto questo tempo, mi chiedo cosa ci faccio ancora qui?»

«C'è sempre una ragione in tutto quello che facciamo e che non facciamo.»

«Può darsi» rispose non molto convinta.

«Ho qualcosa di importante. Dobbiamo attuare un piano e ho bisogno del tuo aiuto. In base alle mie indagini so dove può trovarsi *la Madonna col Bambino* ma ora devi entrare in gioco tu.»

Eleanor rispose subito: «Sì certo» per niente impaurita.

«Al seminario della *Sainte Chapelle* tu dovrai sostituire l'assistente della cuoca per almeno una settimana. Una volta lì dentro dovrai cercare di carpire più informazioni possibili. Soprattutto ho bisogno di sapere dove si trova la cella di un certo padre Geert De Cock. Devi annotare tutti i movimenti, tutti gli orari, mandarmi le foto e i video appena hai le informazioni. Più tardi ti invierò la foto di padre Geert in modo che tu sappia riconoscerlo ma, fa attenzione, lui non deve riconoscere te per nessuna ragione.»

«Pensi di poterlo fare?»

Eleanor annuì subito senza esitazione.

E cosa ci voleva per fare l'aiuto cuoca, in fondo lei era italiana ed era un'esperta di cucina non avrebbe avuto difficoltà a destreggiarsi.

«D'accordo allora a questo punto farò sparire per almeno una settimana l'assistente della cuoca, ci penso io. Ufficialmente lei sarà in malattia, con un po' di denaro saprò convincerla. Così l'ufficio amministrativo del seminario sarà costretto a rivolgersi all'agenzia per avere una sostituta, e anche con l'agenzia ci penso io a fare in modo che l'incarico sia assegnato a te sotto false generalità.»

«E come farai?»

«Sono o non sono un detective?»

Eleanor si mise a ridere e non poté fare a meno di fargli una carezza.

«Ma chissà poi chi sei tu mio bel Bart?!»

«Io sono io. Ma questo io potresti non vederlo mai...»

«Ah!» sospirò Eleanor.

«Dobbiamo lasciarci. Non possiamo stare troppo insieme per non dare nell'occhio, e poi non ce la faccio a resisterti. Sei così bella tenera fragile e forte allo stesso tempo. Passerei tutto il mio tempo a tenerti tra le mie braccia.»

Con un sorriso che le illuminava tutto il volto Eleanor si staccò da lui e se ne andò.

Le arrivò subito la foto di padre Geert. Mio Dio che faccia da becchino pensò. Alto magro, il volto scavato, un grosso naso, pochi capelli grigiastri e quello sguardo terrificante. Che brutta persona!

Il giorno dopo arrivò in hotel un pacchetto che conteneva la divisa da aiuto cuoca e delle scarpe da ginnastica con un biglietto da parte di Bart che diceva:

«In questo modo non farai rumore quando camminerai all'interno del seminario.»

La divisa bianca era un po' larga ma con una cintura era riuscita a sistemarla. Ora non le mancava altro che aspettare il prossimo ordine per sapere quando doveva recarsi al seminario. Anche questo arrivò poco dopo.

Eleanor fece molta attenzione al modo di presentarsi. Senza un filo di trucco i capelli ben raccolti in uno chignon, niente orecchini niente smalto sulle unghie, anzi se le tagliò molto corte. Doveva assolutamente passare inosservata, una semplice ragazza abituata al lavoro in cucina.

Arrivò anche l'ultimo ordine da parte di Bart con una frase che diceva:

«*Fais attention à toi*. Stai attenta.»

Eleanor rispose: «Farò il possibile.»

Tutto sommato quella storia le piaceva. L'idea di entrare di nascosto in un seminario nel ruolo dell'aiuto cuoca la divertiva anche se allo stesso tempo aveva delle sensazioni strane.

Fu facile entrare. La fecero passare subito in cucina senza neppure degnarla di uno sguardo. La cuoca, Madame Le Grande, lavorava lì da diversi anni ed era abbastanza loquace. Le disse subito: «Ci farai l'abitudine, passati i primi momenti, a queste preghiere di sottofondo, all'odore di candele accese, ai canti religiosi.»

Comunque, la cuoca la prese subito bene vedendo che era svelta in cucina, e poi le disse che gli italiani erano i migliori chef del mondo che non avevano nulla da invidiare agli altri.

Eleanor stava bene in cucina grazie a Dio da quel lato non aveva problemi. I problemi si presentarono quando dovette servire a tavola i seminaristi i preti e il monsignore.

Il refettorio era buio con il pavimento in cotto, l'arredamento in legno di ciliegio e delle vecchie sedie senza cuscini. Immagini religiose ed un grande crocifisso adornavano la parete centrale. Vi erano tre file di tavoli lunghi e stretti, dato che mangiavano tutti insieme, e lei dovette stare attenta a iniziare a servire subito dopo la preghiera.

Appena entrò nel refettorio col carrello lo vide subito. E come avrebbe potuto fare altrimenti? Con quell'aria così truce si distingueva subito dagli altri.

Fece molta attenzione e tenne sempre la testa bassa aiutandosi guardando le scarpe dei commensali in modo da capire chi stesse servendo. Fu svelta e andò tutto bene. Si nascose in un angolo del refettorio proprio dietro la porta, ora restava l'altra operazione più difficile. Seguire tutti i movimenti di padre Geert.

Ogni volta che aveva terminato di pranzare si recava al bagno sul pianerottolo. Ne usciva dopo dieci minuti. Non prendeva mai il caffè ma andava direttamente nel soggiorno ad ascoltare il telegiornale. Appena finito saliva subito nella sua cella.

Dopo quattro giorni, Eleanor prese il coraggio di seguirlo per vedere dove si trovava la sua cella. Lo vide che apriva una porta a destra in fondo al corridoio al quarto piano. Riuscì a fotografare la porta ed inviò subito la foto a Bart in modo che potesse trovare le chiavi per quel tipo di serratura.

La sera Bart l'avvertì:

«Domani devono fare dei lavori al seminario. Verrò anch'io con l'idraulico. Gli ho dato una lauta mancia così mi farà entrare. Ho uno strumento particolare che mi permetterà di aprire la cella di padre Geert.»

Eleanor pensò tra sé: *«Per forza con tutte le opere d'arte che ha fatto sparire figuriamoci se non ha gli attrezzi per aprire una serratura. Per lui sarà un gioco da ragazzi.»*

Il quinto giorno Eleanor si accorse che padre Geert la osservava. Arrossì e le cadde un coltello. Gli altri commensali non se ne accorsero neppure ma lui continuava a guardarla e la guardava in modo strano, molto strano, con occhi bramosi, pieni di desiderio. Una donna capisce subito quello sguardo.

Fece tutto il possibile per sbrigarsi e uscire al più presto dal refettorio. Guardò l'orologio chiedendosi se Bart fosse già arrivato al seminario. Quella era l'ora buona per entrare nella cella di padre Geert. Avevano un po' di tempo a disposizione. Tempo che lui pranzava, poi andava in bagno al piano terra, e poi nel soggiorno a vedere il telegiornale. Bart ce l'avrebbe fatta a perquisire la sua cella indisturbato.

Eleanor corse su dalle scale, vide che la porta era aperta e si disse che Bart era lì dentro, così si precipitò nella cella. Appena entrata sentì che la porta si chiudeva con un tonfo. Di colpo fu stretta in una morsa da dietro con una mano umida e sudata che le tappava la bocca.

Le mancò il respiro dalla paura e il cuore cominciò a batterle all'impazzata. La buttò a terra e improvvisamente si vide quella brutta faccia da becchino sopra di lei. Le diede un pugno così forte che le fece perdere i sensi per un attimo. Il suo corpo premeva contro il suo, era evidente quello che voleva quel prete. Quel prete stava cercando di violentarla. Eleanor girò lo sguardo e improvvisamente vide sul ciglio della brandina le sue mutandine. Le fu chiaro che quello era l'uomo che li aveva spiati e poi seguiti. Una tale rabbia le montò alla testa che morse così forte la mano di padre Geert.

Bart arrivò in quel momento e si buttò su di lui massacrandolo di botte. Ma padre Geert reagì e lo colpì a sua volta. Eleanor da dietro gli diede un calcio molto forte e in quel momento lui cadde per terra. Bart lo immobilizzò e gli intimò:

«Il quadro! Tira fuori il quadro!»

Padre Geert non rispose.

Eleanor si accorse che il pavimento nel punto dov'era lei scricchiolava e temette di sprofondare ma in realtà le cadde solo un piede che rimase incastrato nel parquet. In quel momento l'espressione di padre Geert fu terrificante.

Bart alzò lo sguardo.

«SPOSTATI!» ordinò a Eleanor

«Non riesco ho il piede incastrato.»

«Allora togli quella maledetta tavola con le mani!»

Eleanor ubbidì. Nel sollevare la tavola di legno vide una scatola di metallo. La prese subito e l'aprì. Nell'aprirla *la Madonna col Bambino* le apparve.

«Eccola! Eccola è lei!» si sentì dire.

Nel frattempo, padre Geert cerco di saltargli addosso ma Bart fu sopra di lui e si picchiarono ferocemente. Non riusciva ad immobilizzarlo. Erano vicini alla finestra e... il vetro sottile andò in frantumi. Mentre Bart si spostava, Padre Geert nell'aggredirlo balzò fuori dalla finestra in un baleno.

Eleanor e Bart si guardarono sconcertati.

Bart la prese per mano: «Vieni scappiamo via di qui.»

Presero le scale antincendio e in un attimo furono fuori dal seminario. Bart estrasse il cellulare e chiamò il suo amico della polizia di Bruxelles avvisandolo di mandare subito un'ambulanza per padre Geert.

***

Si rifugiarono entrambi a *Les Bluets* nella camera di Eleanor. Eleanor non aveva smesso per un momento di stringere a sé la scatola di metallo con *la Madonna col Bambino.* Appena arrivata in albergo estrasse il quadro piano piano, lo guardò attentamente, lo sollevò, lo riguardò e poi ancora e ancora. Lo annusò, lo rigirò più volte e sul retro lesse:

A Caterina, mia dolce piccola Caterina, tu che porti in grembo il frutto del nostro divino amore che questa Madonna col Bambino di Jacopo della Fonte sia la tua protezione così in cielo così in terra.
Non ti dimenticherò mai.
Tuo Ferdinando

Un foglietto incollato sul retro diceva: -Convento di Santa Chiara Strada statale 93 Località degli Olmi Monteceneri Arezzo-.

Il quadro necessitava di un buon restauro, anche se ne aveva già subiti altri precedentemente, eppure gli occhi della Madonna erano ancora - vivi - penetranti. La cornice nera di legno a cassetta era completamente rovinata.

Eleonora non riusciva a smettere di guardare il quadro mentre Bart si affannava al telefono con i suoi amici della polizia. Sembrava che padre Geert avesse riportato una frattura multipla della colonna vertebrale con lesione del midollo spinale e gravi conseguenze a livello cerebrale. Era in terapia intensiva.

Bart chiamò anche Maxim avvisandolo che era finita. Missione compiuta. Bastò quella frase perché

Maxim si precipitasse a Les Bluets. Appena Eleonora lo vide lo abbracciò con slancio come se avesse visto suo padre. Ma Maxim non riusciva a distogliere lo sguardo dal quadro e sembrava senza parole:

«Formidable, vraiment formidable!»

Mentre Bart era ancora al telefono Maxim le si avvicinò dicendole sottovoce:

«*Ma petite* tu non puoi lasciare un quadro di questo valore in una camera d'albergo, dallo a me lo custodirò nella mia cassaforte.» E senza aspettare la sua risposta se ne andò portando con sé il quadro.

Eleonora era ancora sovrappensiero. Cosa significava quella scritta sul retro del quadro? E chi era Caterina? Chi era Ferdinando? E il convento di Santa Chiara cosa c'entrava? La sua mente ribolliva. Quei nomi che ritornavano, chi erano mai? Era confusa non capiva.

Bart le si avvicinò e dandole un bacio sulla guancia le disse che doveva andare subito in centrale alla polizia per rilasciare una dichiarazione su padre Geert.

«Capisco» rispose. Anche se non capiva un bel niente di cosa stava succedendo attorno a lei. Si girò e improvvisamente si rese conto che *la Madonna col Bambino* non c'era più. Chiamò subito Maxim che la tranquillizzò.

«È qui con me nella mia cassaforte è sicuramente più al sicuro che in albergo da te.»

«Sì certo» rispose Eleonora.

«Mah, Maxim chi è Caterina? Chi è Ferdinando?»

«Non lo so mia cara, questo spetta a te scoprirlo io ti avevo già messo sulla pista giusta per ritrovare *la Madonna col Bambino* ma non so niente di queste persone.»

La notte fu agitata. Aveva rischiato di essere violentata da un prete, era piena di lividi, la caviglia era diventata sempre più gonfia e le faceva un male cane. L'aveva fasciata lei alla bell'e meglio, ma non le era di grande aiuto. L'ematoma sul volto sotto l'occhio destro le ricordava il pugno infertole da padre Geert. Era tutta dolorante. Maxim e Bart erano spariti, *la Madonna col Bambino* pure e continuavano a frullargli nella testa quei nomi: Caterina, Ferdinando, il convento di Santa Chiara.

Ecco, si alzò di scatto prese il cellulare. Digitò convento di Santa Chiara. Esisteva era proprio lì allo stesso indirizzo: -località degli Olmi Monteceneri Arezzo- Esisteva. Quel posto era reale. Decise che l'indomani mattina avrebbe lasciato Bruxelles.

XIV

L'Italia

Il viaggio di ritorno fu una tortura. Mancava dall'Italia da un paio di mesi, oramai era piena estate. In aeroporto la guardavano tutti, alla dogana il poliziotto era sobbalzato chiedendole:

«*Mais, Madame, qu'est-ce que vous avez fait?* Ma signora cos'ha fatto?»

Il suo volto era tutto gonfio violaceo.

«*Votre mari vous a battu ?* Suo marito l'ha picchiata?»

«Oh no! No, no, ho avuto un incidente, sono caduta, ma adesso sto meglio.» Cercò di giustificarsi. E come avrebbe potuto dirgli: un prete mi ha quasi violentata, presa a pugni. Chi l'avrebbe mai creduta?!

Tenne la testa bassa e si infilò subito nel primo duty free dell'aeroporto per prendersi un capellino con visiera in modo da passare inosservata. Non se lo tolse neppure per un momento durante tutto il viaggio.

Arrivata a Milano trovò Paolo all'aeroporto che era venuto a prenderla. Sobbalzò quando la vide.

«Sto bene!»

«Noo, non è vero! Guarda come sei conciata.»

La portò direttamente al pronto soccorso. Lì le fecero delle radiografie e la medicarono. Non c'era niente di rotto, per fortuna! E, per la caviglia sinistra che le faceva così male le confermarono che era una distorsione, ma che avrebbe dovuto tenere un bendaggio all'ossido di zinco per quindici giorni e muoversi solo con le stampelle. Le diedero una pomata per l'ematoma sul volto.

«Adesso che ti hanno medicata devi raccontarmi tutto.»

«No, adesso no, sono troppo stanca andiamo a casa.»

Paolo aveva già avvisato Giovanna al telefono in modo da prepararla appena avrebbe rivisto sua figlia.

Fu bello ritornare a casa. L'abbraccio con mamma Giovanna fu lungo.

«Dio mio come sei conciata! Ma guarda il tuo bel volto com'è rovinato. Dai qualche giorno di riposo e di coccole e ti rimetterai in sesto.»

Eleonora non aveva voglia di parlare, di raccontare tutto quello che era successo, chiese solo un pasto leggero e poi se ne andò subito a dormire. Nel frattempo, Paolo aveva già telefonato a Maxim e saputo un po' com'erano andate le cose.

Il mattino dopo fu svegliata dalla telefonata di Bart.

«Padre Geert è morto.»

«Mi dispiace, non volevo questo, volevo solo il quadro.»

«Anch'io non volevo la sua morte» disse con tono triste Bart. «Nel mio mestiere può succedere, ma non è una cosa che auguro al mio nemico di turno. È qualcosa di terribile che fa parte del mio lavoro ed ogni volta mi fa star male. Ogni volta mi dico che sarà l'ultima volta. Sono degli incidenti, ma nessun essere umano deve morire.»

Bart sembrava immensamente triste.

«Ti capisco, nessuno di noi due voleva la morte di padre Geert.»

«Ho spiegato tutto al capo della polizia di Bruxelles, il caso è stato chiuso come un incidente, anche perché la curia non vuole assolutamente degli scandali quindi non si faranno delle indagini.»

«D'accordo.»

«Ma tu perché sei partita così in fretta?»

«È che dovevo ritornare in Italia. Sai quello che c'era scritto sul retro del quadro. Insomma, non ho ancora finito di cercare.»

«Sì. *Mais fais attention à toi.* Stai attenta!»

«Oui, d'accord. Va bene starò attenta.»

«Ciao»

«Ciao»

«Ah! Eleanor… »

«Sì?»

«Je t'aime»

E riattaccò subito.

I quindici giorni passarono in fretta con le cure e coccole di Giovanna e Paolo. La portarono in ospedale dove le tolsero il bendaggio. Fece la visita dall'ortopedico che le prescrisse dieci sedute di fisioterapia per rimettere in sesto la caviglia. Eleanor però decise di non farle, almeno non subito. Prese la sua vecchia Fiat e si mise sulla strada.

Direzione convento di Santa Chiara -Località degli Olmi, Monteceneri, Arezzo-.

Il viaggio fu veloce. Inebriata dal paesaggio toscano con le sue colline sinuose, i suoi prati, vigneti, filari di cipressi, borghi antichi e castelli. Comuni, signorie, cavalieri e dame, artisti e poeti, erano lì nell'aria a ricordarle un passato ricco di storia e arte.

Arrivata nel paesino di Monteceneri prese una stanza in un bed & breakfast e andò subito all'ufficio del turismo per avere delle informazioni sul convento di Santa Chiara. La ragazza le spiegò che si trovava in una località molto bella in collina circondato da vigneti. Le suore erano molto benvolute nel paesino, avevano fatto tanto per la comunità negli ultimi tempi. Restaurato la vecchia chiesa tramite una raccolta fondi. Soprattutto le cose erano cambiate in meglio da quando c'era la nuova madre superiora.

«Pensi laureata in architettura! Molto intelligente, non come quella che c'era prima, non aveva mai voluto mischiarsi con la comunità. Era fredda, distante, sembrava sempre che avesse qualcosa da nascondere. Ma sa, adesso le suore sono cambiate sono più aperte, più umane, forse perché escono di più e hanno una vita sociale. Insomma, non stanno tutto il tempo recluse a pregare.»

Eleanor si mise a ridere per la franchezza dimostrata dalla ragazza. C'era un buon profumo nell'aria e nonostante fosse agosto il caldo era piacevole non afoso, dopo tutto quel grigiore e pioggia di Bruxelles, era bello essere di nuovo nella sua Italia.

La mattina seguente, dopo una colazione con una tazza di thè verde con un cucchiaino di miele all'acacia, una ciambellina della casa al grano saraceno, uno yogurt e qualche frutto estivo di more lamponi e mirtilli, ansiosa si preparò. Si mise un vestitino leggero di cotone bianco e dei sandali comodi, non voleva forzare troppo la caviglia che le faceva ancora male ed era ancora un po' gonfia.

Quando si presentò al convento le aprì una suora sorridente.

«Sì, lei ha telefonato per avere un appuntamento con la madre superiora, Suor Cecilia. Prego si accomodi.»

La fece entrare nell'ufficio della madre superiora.

Eleanor fu sorpresa perché si trovò davanti una donna con una tunica beige leggera sotto il ginocchio con il capo scoperto, i capelli corti, dei sandali bassi. Un volto largo che l'accolse con un bel sorriso e grandi occhi pieni di umanità.

«Eleonora mi sembravi molto preoccupata al telefono, cosa possiamo fare per te?»

«È una storia un po' lunga. Sono stata adottata quando avevo due settimane. Ho avuto la fortuna di trovare dei genitori eccezionali che mi hanno insegnato che cos'è l'amore. Mi hanno dato molte possibilità. Grazie a loro sono cresciuta in un ambiente sano ed ho potuto concludere i miei studi laureandomi in storia dell'arte. Ho continuato ad aiutarli nel loro negozio di antiquariato, anche se ho cercato di fare delle cose per conto mio. Amo molto l'arte, è una grande passione per me. Più volte ho sponsorizzato degli artisti sconosciuti, sono riuscita a farli esporre in alcune gallerie a Londra e Parigi ed è andata abbastanza bene per loro. L'arte è una ragione di vita per me.»

«Eh beh! Allora sei nel posto giusto con la persona giusta. Io ho studiato architettura e poi il Signore mi ha chiamata mi ha voluta per sé. Ma ho portato avanti molti progetti di restauro e ne hanno beneficiato tutta la comunità, sono lavori che resteranno per tutti, non solo per il convento. Ma perché sei qui? Mi sembra di capire che nonostante tutto c'è un vuoto nella tua vita, che cerchi qualcosa.»

«Sì, è proprio così. Devo sapere chi sono i miei genitori biologici. Vede, nonostante tutto, nonostante uno possa avere una bella vita con molte possibilità, fare tante cose, anche da adulto resta questa sensazione, questo bisogno di sapere da dove veniamo. Chi aveva il colore dei nostri occhi? Chi aveva il tono della nostra voce?»

«Capisco, capisco. Ma perché sei arrivata proprio qui in un convento a cercare i tuoi genitori biologici?»

«Ho degli elementi in mio possesso che mi parlano di questo posto» le rispose.

«Il fatto è che io non posso esserti d'aiuto. Sono qui solo da due anni. Qui dentro c'è stato un grande cambiamento e poi le sorelle più anziane oramai sono scomparse non ci sono più. Senti Eleonora lasciami un po' di tempo ti prometto che cercherò delle informazioni, ti terrò informata.»

Nonostante il bel sorriso l'umanità il tono rassicurante della madre superiora Eleanor se ne andò delusa.

E certo, cosa mai avrebbe potuto trovare in un convento? Come poteva pensare di trovare delle tracce dei suoi genitori proprio in un convento che era un luogo sacro dove l'amore fisico non esisteva?

Di ritorno al bed & breakfast trovò subito un messaggio. La madre superiora l'aveva cercata e le chiedeva di ritornare l'indomani nel pomeriggio.

XV

Suor Adriana

Le piaceva la sensazione che aveva nell'entrare in quel convento. C'era un'atmosfera di pace, serenità, un silenzio interrotto solo dai rumori della natura, il cantico degli uccellini, il vento tra le foglie. Non vi era un'atmosfera opprimente come aveva sentito alla *Sainte Chapelle*. Forse perché qui era tutto gestito da donne, anche se religiose, erano pur sempre delle donne.

Questa volta ad accoglierla all'ingresso c'era direttamente la madre superiora.

«Sai Eleonora, ieri appena sei andata via mi sono informata subito. Qui è rimasta un'anziana suora che ha passato molti anni in questo convento lei è l'unica che ti può dare delle informazioni sul passato di questo posto, le altre sono tutte decedute e le giovani non possono esserti d'aiuto.»

La introdusse in una stanza, c'era una vecchia suora su una sedia a rotelle.

«Ti presento suor Adriana.»

«Madre, eccola qui la ragazza di cui le ho parlato ieri.»

E se ne andò lasciandole sole.

Suor Adriana la guardò fisso negli occhi trasalendo. Poi dolcemente le disse:

«Vieni mia cara, vieni più vicino a me, lascia che ti guardi.»

Eleonora non capiva, ma nello stesso tempo non voleva interrompere quel silenzio e quello sguardo indagatore su di lei.

«Lo stesso volto»

«Lo stesso ovale»

«La stessa pelle chiara»

«Fammi vedere il braccio»

Eleonora glielo allungò.

«Vieni più vicino»

«Ah sì, questa non è niente è solo una macchia che ho dalla nascita.»

«La stessa macchia all'interno dell'avambraccio destro» commentò suor Adriana.

«Gli occhi mi ricordano lui: grandi occhi castani, le sopracciglia ben marcate e quello sguardo profondo sono i suoi e anche la bocca, quella bella bocca con le labbra carnose, quella fronte spaziosa, sono di tuo padre. La stessa altezza, lo stesso portamento.»

«Tu sei la figlia di Caterina.»

Eleonora trasalì.

«Ma chi è questa Caterina?»

«Una mia grande amica. Siamo state molte unite fin dal primo giorno in cui è entrata in convento e fino alla fine. Aveva trentanove anni quando morì di un tumore alle ossa. Molto giovane. Troppo giovane. L'ho assistita fino alla fine. E prima di morire ti ha nominata. Non si è mai perdonata di aver dato in adozione la bambina.»

«Di averti data in adozione. All'inizio forse non aveva capito completamente il suo gesto, era così giovane, ingenua. Non sapeva niente della vita. Niente. Lui era scaltro, molto scaltro, anche se un uomo molto intelligente, uno studioso, un appassionato d'arte.»

«Ma lui chi?»

«Tuo padre. Don Nando.»

«COMEE?!?»

«Don Ferdinando detto Don Nando»

«Ma mia madre...»

«Tua madre era suor Caterina»

Eleonora si sentì girare la testa dovette sedersi sul vecchio sofà. Non riusciva a parlare. Quando aprì la bocca fu per chiedere un bicchiere d'acqua. Suor Adriana suonò un campanello e glielo portarono subito.

«Bevi mia cara, bevi. Io sono vecchia ormai. Non ho più niente da sperare dalla vita ma questa è la verità.»

«Ma... io non capisco c'è qualcosa che non quadra.»

«Vedi mia cara adesso i tempi sono cambiati, c'è molta meno ipocrisia. Noi qui adesso siamo fortunati con la nuova madre superiora, l'ambiente è cambiato completamente, in meglio. Anche una parte della chiesa è cambiata. L'atteggiamento che ha verso le relazioni umane è più tollerante.»

«Ah!»

«Ma ai miei tempi non era così, subivamo delle violenze, aggressioni, molestie e dovevamo stare zitte perché la chiesa non voleva che si parlasse di queste cose. Certo alcune sorelle lo facevano senza costrizione perché era una loro scelta, come la vecchia madre superiora, suor Costanza. Brutta razza quella che Dio non me ne voglia! Me ne ha fatte passare di tutti i colori.»

E così suor Adriana iniziò a parlare e parlare. Le parole uscivano come un fiume in piena riempiendo di dettagli il suo racconto. La vita della sua amica e sorella spirituale Suor Caterina de Dominici si delineò davanti agli occhi di Eleonora e fu quasi come se fosse lì davanti a lei. In un istante fu sangue del suo sangue ed entrò dentro di lei.

XVI

La Madonna ci ha messo lo zampino

Suor Caterina era umbra aveva preso i voti a diciott'anni anni. Ogni settimana andava a pulire la chiesa del Sacro Redentore nella contrada dei Cavalieri. Era giovane, sprigionava freschezza e luce da ogni poro. Cantava sempre, la sua voce era la più bella del coro della chiesa. Tutta la sua famiglia era stata contro di lei quando aveva comunicato di avere la vocazione, voleva entrare in convento. Sosteneva di aver visto la Madonna.

Durante una gita scolastica era andata in montagna. Verso la fine della giornata, mentre con il suo gruppo percorreva un sentiero, si era fermata un momento dietro ad una pianta. Doveva assolutamente fare pipì. Si era trattenuta a lungo ma adesso non ce la faceva più. Aveva visto un bel cespuglio si era appartata e finalmente si era liberata. Una lunga pipì, urina calda che usciva dal suo corpo. Con sollievo si era tirata su le mutande.

Uscita dal cespuglio non vedeva più nessuno. Ma continuò sempre dritto. Solo che ad un certo punto c'era una biforcazione. Dove andare? A destra o a sinistra? Be' sembrava facile. Il sentiero a destra era in condizioni migliori, non poteva che essere quello. Solo che dopo mezz'ora che proseguiva non vedeva nessuno e si stava oscurando. Così pensò di tornare indietro. Non ci riuscì. Si stava facendo buio, sempre più buio.

Ma perché non c'era nessuno? Perché non tornavano indietro a cercarla? Forse non si erano accorti della sua assenza se l'insegnante non li aveva controllati sul pullman? A questo punto sarebbero ripartiti senza di lei.

Incominciò a piangere. Inciampò e cadde per terra, aveva un dolore terribile al braccio destro e non riusciva più ad alzarsi. I rumori della foresta si facevano sempre più minacciosi, sembravano presenze oscure pronte ad attaccarla in ogni momento.

Eppure, la notte non fu così terribile e spaventosa come si preannunciava. Un'immagine luminosa le apparve avvolgendola, proteggendola, non si sentì più sola e si addormentò profondamente. Si ritrovò in un mondo pieno di luce con una figura femminile che le sussurrava che il suo destino era di consacrarsi a Dio, che era la sua strada da percorrere sulla Terra, una strada piena di amore e pace dove esistevano solo lei e il Signore.

Fu svegliata al mattino da un carabiniere che la chiamava per nome. Restò tranquilla e si lasciò caricare sulla vettura che la riportò proprio davanti a casa sua dove tutta la famiglia l'aspettava dopo essere stata allertata dalla scuola.

Da quel momento Caterina cambiò. A molti parve strana e giustificavano il suo atteggiamento con il trauma subito nell'aver passato la notte da sola in mezzo ad una foresta. Ma lei sapeva cosa c'era nel suo cuore: un amore profondo per il Signore.

Contro tutti e tutto a fine estate decise di entrare in convento. Niente l'avrebbe fermata. Voleva consacrare la sua vita, il suo cuore, il suo corpo a Dio.

Il suo percorso fu breve, da novizia prese presto i voti di castità obbedienza e povertà. E divenne Suor Caterina.

Don Nando a quarant'anni anni aveva capito già da un po' di tempo come funzionava la chiesa. Ad un certo punto si era detto che era il più stupido a praticare ancora la castità quando molti intorno a lui avevano una doppia vita ben nascosta. Era facile trovare carne fresca tra le sorelle soprattutto quelle appena arrivate. Le altre erano più scaltre e sapevano come sfuggirgli.

Era un uomo colto, molto colto, un'infanzia di povertà gli presagiva che non avrebbe potuto completare gli studi anche se eccelleva in tutte le materie. Così dopo la maturità classica vedendosi tutti i giorni il viso stanco del padre operaio aveva deciso di entrare in seminario. Certo le questioni teologiche e filosofiche lo interessavano molto, e quello gli sembrava il luogo giusto per approfondire i suoi studi gratuitamente senza pesare sulla famiglia. La sua bravura però rappresentò un'arma a doppio taglio, perché una volta laureatosi a pieni voti in filosofia e iscrittosi ad un dottorato in teologia il vescovo non volle più lasciarlo andare.

Gli ripeteva: «La chiesa ha bisogno di gente come lei, ha bisogno della sua mente per rinnovarsi delle sue energie, non se ne vada. Cosa pensa di trovare là fuori? Disoccupazione, un salario da fame, una famiglia da mantenere? Pensi a tutti i privilegi che potrà avere restando con noi.»

All'inizio questi discorsi gli davano fastidio perché gli mostravano la faccia ipocrita della chiesa mentre lui sapeva bene che ve n'era anche un'altra quella fatta dai missionari, dai preti di strada, da gente che rischiava la propria vita per aiutare gli altri. Ma prevalse il calcolo. Ferdinando si disse che in quel modo avrebbe passato tutta la sua vita a fare ciò che più amava: studiare, scoprire un mondo trasmesso dai libri. Senza gli obblighi di un lavoro e di una famiglia avrebbe avuto molto più tempo per farlo.

Così si decise e diventò Don Nando.

XVII

Amore a prima vista

Quando vide Suor Caterina la prima volta intenta a pulire l'altare della chiesa del Sacro Redentore ne fu ammaliato. Restò senza parole. Sì, a bocca aperta. Continuava a guardarla di nascosto. Aveva già visto quel volto. Non riusciva a crederci. Aveva lo stesso profilo, esattamente uguale. Lo stesso incarnato pallido, angelico. *Ritratto di una giovane donna* di Sandro Botticelli, ecco chi era! Gli sembrava di vedere la stessa donna e un fremito lo scosse in tutto il corpo. Quella pelle diafana, quell'odore di carne fresca mai assaggiata gliela rendevano una preda da conquistare. La voleva. La voleva a tutti i costi.

Brevemente l'attirò nella sacrestia conquistandone la sua fiducia e passandole dei libri di preghiera di Santa Teresa D'Avila. Lei era giovane, molto giovane, ingenua e credulona. Conosceva solo il suo paesino, la scuola, il convento e viveva in un suo mondo di preghiera canto e luce.

Un pomeriggio, con la scusa di passarle un libro, le prese la mano e se l'appoggiò al petto. Lei non si accorse neppure del suo gesto e ridendo disse:

«Come batte forte il suo cuore Don Nando.»

Così decise di mettere in atto il suo piano che aveva sempre funzionato con le altre suore.

Quando il venerdì pomeriggio suor Caterina si presentò in parrocchia per fare le pulizie settimanali si diede malato. Le lasciò un biglietto in sacrestia dicendo che aveva la febbre alta ed era rimasto a letto nel suo alloggio adiacente alla parrocchia, ma stava proprio male e aveva urgente bisogno che qualcuno andasse in farmacia a comperargli una medicina per abbassargli la febbre.

Suor Caterina corse, suonò alla porta, Don Nando si presentò. Era in borghese indossava un vecchio paio di jeans e una camicia bianca, i capelli arruffati. Suor Caterina gli disse che era preoccupata per lui che doveva assolutamente curarsi che voleva aiutarlo a guarire. Lui chiuse la porta a chiave l'afferrò per un braccio e la spinse in camera da letto. Lei non si rese subito conto di cosa stesse succedendo. In fondo non era mai stata da sola con un uomo e poi lui era Don Nando perché mai avrebbe dovuto avere paura di lui?

Lui si fermò davanti a lei e con tono autoritario con una voce che non gli riconosceva le ordinò:

«SPOGLIATI!»

Lei non capì e lo guardò sorpresa. Lui conoscendo bene la tattica ripeté:

«Spogliati! Te lo ordina il Signore.»

Come ipnotizzata Caterina si spogliò.

Si spogliò completamente.

Rimase nuda davanti a lui con i capelli sciolti finalmente liberi dal velo.

Erano splendidi.

Lunghi capelli ondulati castano chiari le scendevano fin sotto le spalle.

Lui glieli accarezzò dolcemente. Piano piano.

Un altro quadro di Botticelli: *La nascita di Venere* gli venne improvvisamente alla mente. Lei era lì davanti a lui, reale. In quel momento era la sua Venere. Sempre più eccitato, annusava la preda, e le disse: «È il Signore che lo vuole, devi farne dono a Dio» e si spogliò anche lui. La strinse forte a sé e trascinò sul letto.

Non ci mise molto a deflorarla. Una volta terminato le ordinò di rivestirsi. La vedeva strana.

La fece sedere sul letto, le prese le mani tra le sue e le disse con voce suadente: «Quello che è successo oggi non devi dirlo a nessuno è un segreto tra me te e Dio, mia bella Caterina», e le accarezzò dolcemente il volto dandole un ultimo bacio.

Col corpo che fremeva, frastornata e indolenzita Suor Caterina se ne andò dimenticandosi di pulire la chiesa.

Continuò così per sei mesi. Don Nando sapeva anche essere piacevole e affettuoso, a volte. Adorava l'arte e poco a poco, dopo che avevano fatto l'amore tutti e tre: lui, lei e Dio, perché ogni volta le diceva che era il Signore a volerlo, le faceva vedere dei libri antichi e degli oggetti che amava collezionare.

Nella camera da letto vi era un quadro molto bello del Cinquecento, *la Madonna col Bambino* di Jacopo della Fonte. Suor Caterina ne era estasiata, ogni volta che lo guardava le sembrava di vedere quella Madonna che le era apparsa la notte che si era perduta nel bosco. Don Nando aveva capito che le piaceva molto.

Un giorno suor Caterina mentre era alla prima messa delle cinque e trenta svenne e si trovò in infermeria stesa sul lettino. La madre superiora le chiese:

«Da quanto tempo vai da Don Nando?»

Lei non capì, si sentiva così male, una nausea pazzesca che quasi non riusciva a parlare. La madre superiora inferocita le urlò:

«Ti ordino di dirmi da quanto tempo vai da Don Nando? Da quanto tempo fai sesso con lui?»

E lei ingenuamente rispose: «Sì lo facciamo in tre ogni volta.»

«COMEE IN TRE?!? Ah, questa poi! Ne ho viste tante nella mia lunga vita ma adesso fanno sesso anche in tre?»

Suor Caterina rispose convinta: «Ma siamo solo lui io e il Signore.»

Si sentì urlare dietro: «Sei incinta, idiota!»

«Come sono incinta, cosa vuol dire?»

«Vuol dire che avrai un bambino da Don Nando. E noi non vogliamo altri scandali in questo convento, hai capito? Idiota!»

No, non era sicura di aver capito. Ci mise un po', fino a quando suor Adriana non le si avvicinò e sottovoce le disse di non preoccuparsi, che non era la prima, anche a lei era capitato con un prete e sapeva come fare per liberarsene.

Il venerdì successivo andò da Don Nando. Quando entrò nella sua casa lui si accorse subito che era pallida. Le prese il volto tra le mani dicendole:

«Cos'hai mia bella Caterina mio dolce fiore di primavera?»

«Ho che… aspetto un bambino»

«COME! Cosa significa aspetto un bambino?!?»

«Significa che sono incinta.»

Don Nando cadde sulla poltrona, non riusciva a credere alle sue parole. Non era mai successo che una suora gli fosse rimasta incinta. MAI! Era la prima volta che una donna diceva di aspettare un figlio da lui. Questo lo infastidiva, lo turbava, lo emozionava. L'uomo in lui ne era sotto sotto rallegrato, il prete sconvolto, spaventato.

Cosa avrebbe detto il vescovo? E lo scandalo: un prete che mette incinta una suora! Come avrebbe reagito il Vaticano? E il Papa? Tutti facevano tutto, ma proprio tutto, però di nascosto. Certe cose a loro erano proibite, avevano un'immagine pubblica da salvaguardare. Si alzò e vide questa ragazzina di diciott'anni pallida con la tonaca, ne fu impietosito.

«Caterina devi andartene, devi liberarti di questo bambino e dimenticare tutto. Non è mai successo niente tra di noi. Prega il Signore perché ti liberi.»

Improvvisamente prese il quadro dalla parete della *Madonna col Bambino* che piaceva tanto a Suor Caterina e glielo diede.

«Tienilo è tuo. Consideralo un mio regalo, ma in cambio devi dimenticare tutto quello che è successo qui dentro e liberarti di quello che hai dentro nel tuo

corpo. Hai capito Caterina? Promettimi che lo farai?»
Caterina si sentì rispondere: «Sì»
Prese il quadro e se ne andò.

Su consiglio di Suor Adriana ingoiò tutte le pastiglie che trovò in giro, ma non successe niente. Allora un giorno salì nel granaio prese una grande pietra e la sollevò, non successe niente. Riprovò con una più grande e pesante, non successe niente. Saltò giù dal granaio e non successe niente. Presa dallo sconforto ritornò nella sua cella dove passò la notte a piangere. Nonostante i metodi suggeriti da Suor Adriana il bambino non voleva lasciare il suo corpo.

La mattina dopo nel vestirsi si accorse della piega sul suo ventre, lo accarezzò, così, istintivamente, non capendo bene cosa stesse facendo. Dopo quella carezza lo sentì. Sì, lo sentì per la prima volta. Si muoveva… c'era. Era vivo dentro di lei.

Si sedette ancora sulla sua brandina. L'accarezzò nuovamente e lui si mosse ancora e ancora.

Com'era bello quello che stava provando. Non aveva mai provato una cosa del genere.

Si alzò in piedi e disse: «Bambino tu resti con me. Io sono la tua mamma, io sono come *la Madonna col Bambino,* ti farò nascere costi quel che costi.»

Il giorno stesso lasciò con una scusa il convento e si recò in un consultorio, solo che dalla fretta non si era accorta di non essersi tolta la veste monacale. Quando il medico la visitò le disse: «Ma lo sa che lei è incinta di quattro mesi e mezzo? Ma di chi è questo bambino?»

Lei rispose: «È figlio del Signore.»

«Suvvia Suor Caterina non può dirmi una stupidaggine del genere! Si confidi con me, cosa le è successo in convento?»

Suor Caterina restò muta, mai e poi mai avrebbe tradito Don Nando.

Il medico le diede l'indirizzo di una struttura, una specie di casa rifugio per ragazze madri. Suor Caterina se ne andò subito. Si rinchiuse lì dentro a passare il resto della gravidanza. Ogni tanto riceveva delle telefonate dalla madre superiora che preoccupata che parlasse in giro cercava di tranquillizzarla e di calmare le acque dicendole che il suo era il figlio di Dio che lei aveva una missione nella vita: partorire il figlio di Dio.

Don Nando, nel frattempo, si era presentato più volte al convento. Solo con suor Adriana era riuscito a sfogarsi. Era combattuto, molto combattuto. Pensava in continuazione a Caterina e al bambino. Prima di ripartire volle rivedere *la Madonna col*

Bambino. Baciò il quadro e lasciò una dedica per Caterina.

***

Quel giorno arrivò. Dopo un giorno e mezzo di doglie verso le dodici e trenta nacque una bambina, tutta rossa dallo sforzo disumano fatto per venire al mondo, tre chili e quattrocento grammi di peso e quarantotto centimetri di lunghezza. Bellissima.

Caterina distrutta dal parto con la vista annebbiata non la vide bene ma la sentì piangere: un urlo duro tenace da arrabbiata.

Il sole quel sette novembre era sotto la costellazione dello Scorpione. La luna stava entrando nella fase crescente, il primo quarto. Venere era nel segno dei Pesci e Giove in trigono con Plutone.

Quando la strinse tra le sue braccia dimenticò che aveva quasi rischiato di morire nel metterla al mondo. Aveva compiuto da poco diciannove anni.

Non le permisero di allattare la bambina. Il seno le faceva male per la montata lattea. L'intervento della madre superiora aveva stabilito così. Ogni tanto la poteva vedere dalla stanza dei neonati dove dormiva placidamente.

Era ancora distrutta da quel parto disumano senza anestesia in cui aveva rischiato di morire. A mala pena riusciva a reggersi in piedi. La febbre continuava a salire e il suo cervello era annebbiato.

Tutti intorno a lei si aspettavano una decisione: doveva dare la bambina in adozione.

Sfinita cedette.

Restò qualche giorno ancora nella casa per ragazze madri. Solo che tutti i giorni veniva la madre superiora a trovarla che molto affettuosamente le diceva:

«Ricordati cara che questa è la figlia di Dio, non essere egoista, non è tua, devi darla in adozione, tutto il convento ti aspetta ci manchi tantissimo ci manca la tua bella voce durante le nostre messe, il tuo cantico dorato. Devi darla in adozione.»

Lo scandalo era scoppiato quando era stata ricoverata in ospedale per partorire. Era uscita la notizia su tutti i giornali italiani dato che un'infermiera si era lasciata sfuggire il suo stupore nel ritrovarsi di fronte una suora che stava partorendo. La notizia era arrivata in Vaticano ed era arrivato l'ordine in convento di mettere tutto a tacere il prima possibile. Il Vaticano non voleva scandali. Se la madre avesse abbandonato la vita monastica sarebbe stato peggio. L'unica soluzione era far rientrare Suor Caterina in convento e dare la bambina in adozione.

Quel giorno si erano presentati due coniugi che ogni tanto venivano a far visita alla casa per ragazze madri. Erano belli tutti e due, molto raffinati, colti, benestanti. Quando presero in braccio Eleonora la bambina sembrò sorridere e poi si addormentò beatamente. Sembrava nel suo mondo. Suor Caterina allora decise che, se doveva darla in adozione, doveva essere solo con loro.

Fu facile preparare tutti i documenti con l'intervento della madre superiora la parte burocratica venne sveltita e facilitata.

A due settimane di vita Eleonora aveva trovato una mamma e un papà.

Non si seppe più niente di Suor Caterina, solo che non uscì più dal convento dove vi morì ancor prima della vecchiaia.

Don Nando si presentò una volta reclamando indietro il suo quadro *la Madonna col Bambino.* Dopo tutto lo scandalo che era scoppiato in seguito al parto di una suora temeva che quel quadro fosse la prova della loro relazione e doveva farlo sparire al più presto, dato che sul retro aveva impresso una dedica a Suor Caterina e al bambino che sarebbe venuto. Fu facile sbarazzarsene ci pensò la madre superiora a farlo sparire.

Eleonora trasalì nell'ascoltare il racconto della sua nascita. La voce di Suor Adriana aggiunse: «Vedi quando arrivò qui tua madre di sua spontanea volontà era giovanissima, non conosceva niente della vita. Molte avevano delle relazioni nascoste con i preti.»

«Ah!»

«E quando restavano incinte erano guai. Alcune riuscivano a liberarsene facilmente.»

«Come?»

«Con i soliti mezzi. E che altro potevano fare? All'epoca mica avevamo a disposizione tutto quello che c'è adesso.»

«Ah! Ma mia madre, voglio dire suor Caterina cosa c'entra?»

«Lei andava a fare le pulizie nella parrocchia di Don Nando. Lei giovanissima fresca come una rosa. Lui quarantenne scaltro, aveva già avuto altre relazioni. Aveva capito subito come funzionava all'interno della chiesa, così ne approfittò anche di Caterina. Ma solo all'inizio. Quando Caterina restò incinta, tutto sommato non gli dispiacque, forse il suo orgoglio maschile prevalse su quello del clericale. Io ho visto bene quanto soffrisse. Ma entrambi erano in una gabbia. A quei tempi lo scandalo era enorme per la chiesa. Enorme. Si doveva mettere tutto a tacere il prima possibile.»

«Ho fatto di tutto per aiutare suor Caterina. Alla fine, come sai, ha voluto portare avanti la gravidanza. Nessuno di noi si aspettava che la sua storia finisse sui giornali. Una suora che partorisce, figurati a quei tempi! Era impensabile, uno scandalo enorme. La madre superiora ha orchestrato tutto facendo in modo che tu sparissi il più presto possibile e il quadro, che era la testimonianza della loro relazione, scomparisse, e che Caterina finisse i suoi giorni reclusa in convento in modo che non parlasse con nessuno.»

«E Don Nando?»

«È morto anche lui l'anno scorso.»

«Allora io sono la figlia del prete.»

«Sì»

XVIII

Chi sei?

Caterina de Dominici Ferdinando Consiglieri. Ecco i nomi c'erano e vibravano nella sua testa di continuo. Lei era loro. Loro erano lei. Con questa frase nella testa Eleonora fece ritorno a casa. Non ne parlò subito con Paolo e Giovanna, le ci volle qualche giorno per digerire la notizia. Quando si fu calmata aprì il suo cuore.

Paolo improvvisamente si ricordò che non aveva più avuto notizie da Maxim. Provò a chiamarlo, nessuna risposta. Inviò dei messaggi, nessuna risposta. Bah si disse, forse era impegnato in qualcos'altro.

Bart invece si fece vivo.

«Eleanor devi tornare a Bruxelles»

«Non ne ho voglia»

«È importante»

«Non adesso»

«Perché?»

«Ho scoperto che sono la figlia del prete»

«Cosa?! *Mais qu'est-ce que tu dis?*»

«Sì, ho ritrovato i miei genitori biologici. Pensa un po' che combinazione sono stata procreata da una suora e da un prete.»

«Allora è per questo che sei divina!»

«Ahahah» questa frase la fece ridere. Da quanto tempo non rideva.

«Ma perché devo venire a Bruxelles?»

«Ci sono dei problemi con il tuo quadro. Quel quadro ti appartiene è tuo, tu sei la sola proprietaria. Ma devi capire che nel mondo dell'arte *la Madonna col Bambino* ha un valore inestimabile, è un quadro del Millecinquecento di Jacopo della Fonte. C'è gente che è disposta a tutto pur di avere un'opera d'arte, anche ad uccidere.»

«Eh, lo so. Ma è al sicuro.»

«No, è questo il problema. Non è affatto al sicuro.»

Dopo un lungo sospiro Eleanor rispose: «Sì verrò a Bruxelles. Se i miei genitori biologici desideravano lasciarmi quel quadro è perché volevano trasmettermi qualcosa di loro, quindi mi appartiene è loro ed è mio, solo mio. È come se avessero voluto trasmettermi il loro spirito. Sarò a Bruxelles tra due giorni, alloggerò nello stesso albergo.»

«Sarò anch'io a *Les Bluets*. Dividiamo la stanza?»

Eleanor si sentì rispondere «Perché no?»

Bruxelles era sempre grigia e piovosa in quella fine estate, Eleanor oramai conosceva la strada dall'aeroporto all'albergo.

Bart non c'era al suo arrivo in hotel. Si arrabbiò subito per la sua mancanza di tatto. Come al solito andava e veniva. Si faceva vedere molto affettuoso ogni volta che la incontrava sembrava molto preso da lei e poi, ecco, nuovamente desaparecido. Scomparso, ahimè!

Nella stanza però che aveva prenotato a suo nome - Van der Meer - c'erano alcuni suoi oggetti: un computer portatile, una giacca blu, dei pantaloni di ricambio, delle camicie, un maglione, della biancheria, il rasoio elettrico, lo spazzolino da denti, un tubetto di dentifricio marca Colwhite, insomma le poche cose di un uomo scapolo (forse?).

Niente che facesse pensare ad una presenza femminile nella sua vita, non un oggetto in più.

Be', pensò Eleanor, questo è già un buon segno, niente foto di bambini di donne in giro tra i suoi oggetti. Improvvisamente si ricordò che Bart non era altro che un detective, oltretutto con qualche pendenza penale alle spalle, con qualcosa di poco chiaro. E perché mai avrebbe dovuto essere così ingenuo da lasciare in giro nella stessa stanza che dividevano qualcosa di personale che potesse rivelargli il suo passato?

Ma chi era veramente Bart?

Se lo chiedeva sempre più spesso però, allo stesso tempo, si diceva che la cosa più importante era raggiungere il suo obiettivo ed ora c'era quasi arrivata lei - la figlia del prete -, ancora non riusciva a capacitarsene.

Lentamente riaffioravano le parole di suor Adriana nella descrizione di quella giovane donna suor Caterina. Più ci pensava e più provava un senso di tenerezza verso di lei. Questa giovane ragazza ingenua che cerca Dio e invece si ritrova incinta di un prete poco dopo aver preso i voti e decide, nonostante tutto e tutti, di portare avanti la gravidanza, di avere quella bambina. Di avere lei.

Sì, più ci pensava e più si sentiva vicino a lei. Si sentiva che... avrebbe voluto abbracciarla accarezzarla e dirle che le voleva bene.

E poi suo padre Don Nando, dalla descrizione che le aveva fatto suor Adriana non doveva di certo essere uno stupido. Sicuramente ipocrita e opportunista che aveva pensato bene di sistemarsi all'interno della chiesa per portare avanti i suoi studi i suoi interessi, cosa che non avrebbe potuto fare là fuori nel mondo reale, magari con il peso di una famiglia sulle spalle.

Era un maledetto ipocrita opportunista. Eppure, sì, eppure gli piaceva anche lui. Doveva essere stato un bell'uomo, appassionato e colto. Di sicuro aveva ereditato da lui la sua passione per l'arte.

Suor Adriana diceva che aveva ereditato i suoi occhi: quello sguardo profondo penetrante e la sua bocca, ma l'ovale del volto e la pelle erano di Caterina, così come la voglia che aveva all'interno dell'avambraccio destro.

Ma sì, in fondo le piacevano quei due, perché erano stati terribilmente sui generis, e poi perché l'avevano procreata dai loro incontri d'amore in cui evadevano per alcuni momenti da un mondo falsamente spirituale. Avevano fatto bene. Sì, più ci pensava più ne era convinta.

Squillò il telefono mentre era mentalmente con Ferdinando e Caterina. Bart sembrava agitato nel dirle che non avevano molto tempo. Dovevano recarsi subito nello studio di Maxim per riprendere *la Madonna col Bambino.*

Eleanor non se lo fece ripetere due volte. Quel quadro era SUO, le apparteneva, era l'unico legame che aveva con i suoi genitori biologici. Quante volte *la Madonna col Bambino* aveva assistito ai momenti di tenerezza tra Ferdinando e Caterina? Lassù appesa sulla parete nella camera da letto di Don Nando.

E magari era stata lei che con il suo spirito era riuscita a far fecondare il ventre di Caterina da un appassionato Ferdinando.

Il taxi fu veloce, attraversò avenue Louise che stranamente era semi deserta, ma chissà perché Eleanor si sentiva strana come se presagisse qualcosa. Bart cosa cavolo avrà combinato?

Entrò con passo svelto nello studio di Maxim. La testa bassa lo sguardo truce, stranamente non la salutò affettuosamente com'era solito fare, anzi la ignorò.

Bart, in tutta la sua altezza, era di fronte a lui e gli parlava con tono duro.

«Non hai altre possibilità devi restituire *la Madonna col Bambino*, non ti appartiene. Hai capito?»

Lei li guardò confusa, ma di cosa stavano mai discutendo con tale veemenza?

Non le fu subito chiaro, le ci volle un po' per capire che Maxim, sì il suo adorato vecchio fedele amico di famiglia aveva venduto *la Madonna col Bambino* ad un collezionista d'arte svizzero. Ed ora era lì davanti a loro che gli proponeva una misera percentuale sulla vendita, dato che doveva trattenersi la sua lauta commissione.

«Non è possibile che tu mi abbia fatto questo Maxim?!?» si sentì dire.

«TU, che hai insistito così tanto perché venissi qui. Tu che mi hai messo sulla pista giusta ma…»

«Ma non capisci Eleanor!» sbottò Bart.

«Era tutto architettato. Tutto, fin dall'inizio. Ti ha usata come esca per farti recuperare il quadro e poi impossessarsene. Sai quanti ce ne sono come lui nel marcio mondo dell'arte?»

Eleanor allora urlò, eccome se urlò.

«PROPRIO TU PARLI. MA TU CHI SEI?!? Tu quante opere d'arte hai fatto sparire nella tua vita?»

«Va' al diavolo Bart.»

Bart non rispose. Capì che era meglio non dire niente in quel momento.

Maxim continuava a non guardarla in faccia.

Eleonora urlò e urlò ancora.

«Maledizione Maxim, cos'hai combinato? Tu mi conoscevi, conoscevi la mia storia. Ma chi siete voi due? Non vi permetterò di prendervi una parte della mia vita. Quel quadro è mio! Solo mio.»

Prese la statuetta di giada del piccolo Buddha sulla scrivania, e la lanciò verso Maxim. Il sangue iniziò a colargli sul viso. Era stato ferito alla testa. Bart l'afferrò da dietro bloccandole le mani.

«Fermati, calmati!» le sussurrò all'orecchio. «Non otterrai niente in questo modo.»

Eleanor si girò verso di lui. Gli sputò in faccia.

«Lasciami!»

E uscì di corsa da quel maledetto studio.

XIX

Un piacere erotico

In strada scoppiò a piangere. Non riusciva più a trattenersi. Cosa mai le avevano fatto quei due?

E Maxim, era un carissimo amico di famiglia, come aveva potuto farle questo. Come aveva potuto? E Bart? Era stato suo complice fin dall'inizio? L'avevano usata tutti e due. E *la Madonna col Bambino* dov'era mai adesso? In Svizzera da un fottutissimo collezionista d'arte.

Che ne avrebbe fatto della *Madonna col Bambino*? L'avrebbe rivenduta, messa all'asta per guadagnarci un sacco di soldi? *La Madonna col Bambino* era sua le apparteneva. Maxim e Bart lo sapevano bene, lei era l'unica ad avere l'originale del documento che ne attestava la proprietà.

Sì, e poi c'era suor Adriana come testimone, seppur anziana e malmessa era ancora in grado di raccontare tutta la storia.

Giurò a sé stessa che avrebbe fatto scoppiare uno scandalo, uno scandalo enorme. Avrebbe coinvolto il Vaticano, tutta la chiesa. Era pronta a rilasciare una dichiarazione alla stampa per raccontare la sua storia e far uscire la verità sulle schifezze che si facevano all'interno della chiesa. Era pronta a risalire ai parenti di Ferdinando e Caterina a sottoporsi al test del DNA per provare il loro legame di parentela. Avrebbe combattuto come una bestia pur di riavere *la Madonna col Bambino*.

Quel quadro di quarantacinque centimetri per quarantacinque, un olio su tavola di pioppo la cui firma di Jacopo della Fonte era ancor ben visibile nel risvolto del velo della Madonna, l'aveva notato subito. Quegli occhi della Madonna che la guardavano dritta al cuore. Quella ciocca di capelli che usciva dal velo e se ne stava lì libera sulla sua fronte ampia. Quel bambino nudo e grassottello che teneva stretto al grembo quasi temesse di perderlo. Quel velo celeste che l'avvolgeva e il bambino che cercava con le mani il suo seno. Tutti quei colori morbidi e vellutati che delineavano il paesaggio collinare sullo sfondo ricco di piante e solcato da un piccolo fiume. Osservandolo bene si riuscivano ancora a distinguere delle piante di: cipressi, faggi, pini, marittimi, persino una pianta di ginestra e un leccio. Tutto quello era suo, le apparteneva.

Smise di piangere, si soffiò il naso, alzò la testa e accortasi di trovarsi in una strada buia senza anima viva intorno a sé con quella maledetta pioggerellina che incominciava a cadere, prese il primo taxi che trovò e si fece riaccompagnare in albergo.

Entrò di corsa in stanza decisa a farsi una doccia calda e poi ordinare la cena. Quando aprì la porta lo trovò seduto sul letto con la testa tra le mani. Si era dimenticata completamente che divideva la stanza con Bart.

Lo guardò senza proferire una parola, le sembrò triste… no, assorto, pensieroso, come se stesse in un altro mondo.

Lui alzò la testa e le disse a bassa voce: «Vieni, siediti, dobbiamo parlare.»

Eleanor si tolse le scarpe e si mise comoda di fronte a lui sulla poltrona.

«Vedi, il mondo dell'arte è una giungla. Ci sono persone che sono disposte a tutto pur di avere un'opera d'arte. Conosco questo ambiente sono anni che ci lavoro.»

Eleanor stette per dire qualcosa ma si zittì.

«Anch'io sono laureato in storia dell'arte ma non sono mai stato un artista. Voglio dire non so dipingere disegnare scolpire, ma so guardare e capire le emozioni che trasmette un'opera d'arte. Cosa mai sarebbe il mondo senza l'arte la musica la poesia l'amore? Pensa come sarebbe tutto così squallido, vuoto, incolore.»

«Mio padre era un militare e chiaramente è sempre stato ostile al fatto che io facessi degli studi di storia dell'arte. Quando venne a mancare avevo capito bene che non potevo vivere con questa laurea così decisi di fare un concorso nella polizia. Con mia sorpresa lo passai subito. Seguii una formazione ed ebbi la fortuna di entrare nel Comando per la tutela del patrimonio culturale. Questa sezione si dedica solo ed esclusivamente alla lotta e al traffico di opere d'arte. Noi dovevamo recuperare beni scomparsi illecitamente, controllare le case d'asta, le vendite commerciali, i musei, i reperti archeologici. Lì potevo portare avanti le mie passioni e conciliarle con il lavoro. Un collega vicino alla pensione mi prese sotto la sua protezione e mi insegnò tutto. Voglio dire anche i tranelli, le cose sporche ma che ti fanno arrivare dove vuoi arrivare. Come, per esempio, far sparire un'opera d'arte per poi ritrovarne un'altra.»

«Ah!» esclamò Eleanor. «Capisco»

«Poi negli ultimi cinque anni ho deciso di mettermi per conto mio come investigatore privato. Sono sempre stato uno spirito libero e volevo lavorare per me e non avere più un capo a cui rendere conto del mio operato. Avevo capito bene che nel mondo dell'arte gira roba grossa di valore inestimabile e in quel modo avrei potuto guadagnare bene con delle laute commissioni nel far ritrovare delle opere scomparse. Devo però ammettere che i miei contatti con la polizia e gli ambienti poco puliti: trafficanti di droga che riciclano il denaro sporco, pseudo imprenditori, finanzieri. Insomma, avevo e ho una bella rete di conoscenze che mi possono essere utili in qualsiasi momento. Sì, il rischio c'è, è sempre presente. Per questo non ho voluto avere una famiglia mia dei figli una compagna. Voglio dire una compagna fissa.»

«Capisco» annuì Eleanor.

«In questo mestiere sai come esci di casa ma non sai se e come ci ritornerai, sarebbe stato troppo pericoloso anche per loro. In qualche modo avrebbero potuto ricattarli o farli sparire per vendicarsi con me. Non ho neppure un cane. Sarebbe stato difficile pure avere un cane. In questo vortice, in questa vita vissuta sempre sulla soglia del pericolo, o la gioia e l'emozione di ritrovare e avere tra le mani un'opera d'arte, spesso non c'è un equilibrio. Anzi è uno squilibrio continuo e devi avere una grande forza mentale e self control. Ma niente mi può ripagare come quando ritrovo un'opera d'arte. Pensa che ho persino passato la notte con un Picasso! Sì, un Picasso nella mia casa ad Amsterdam. Non ho chiuso occhio tutta la notte. Al mattino ero come stordito, come se lo spirito di Picasso aleggiasse lì nella mia stanza.»

«Capisco», annuì ancora Eleanor.

«Vedi, quello che aiuta nel mio mestiere è sicuramente l'esperienza l'ostinazione ma in un certo senso è - il fiuto - quel sentire quando c'è qualcosa nell'aria. Avevo capito subito che Maxim ti avrebbe tradita impossessandosi del quadro. Sai, ne ho visti tanti come lui nel mondo dell'arte. Sbavano di fronte ad un quadro come se avessero davanti a loro la donna più bella del mondo e allora scatta qualcosa, è come un rapporto erotico tra loro e l'opera d'arte. Devono averla, devono conquistarla, possederla. E per farlo sono disposti a tutto anche a tradire il loro miglior amico. In fondo Maxim non è diverso dagli altri. Perché non l'ho fermato?»

«Dimmelo!» gli intimò Eleanor.

«Per proteggerti.»

«Ah sì? E proteggermi da cosa che mi ha fatto perdere *la Madonna col Bambino*?»

«Vedi, tu sei speciale. Non so, hai qualcosa che non ho mai notato in un altro essere umano, in un'altra donna. Sei come dire… radiosa, emani luce. Sei un misto di forza e fragilità, passione e freddezza, amorevolezza e discrezione. Mi piace la tua passione. Mi hai stordito. Ho perso il controllo della situazione con te. Ho fatto qualcosa che un detective non dovrebbe mai fare. Mi sono lasciato coinvolgere ed ho sbagliato. Ho sbagliato perché non ho portato a termine il mio lavoro. E il mio lavoro era aiutarti a ritrovare *la Madonna col Bambino* e fartela portare a casa.»

«Ho sbagliato e ti chiedo perdono.»

Eleanor si versò dell'acqua bevve tutto in un sorso. Andò verso di lui e si sentì dire:

«Non tutto è perduto. Ho un piano.»

Parlò velocemente quasi mangiando le parole e gli elencò le sue mosse, il desiderio di far uscire la sua storia sui giornali, di far scoppiare uno scandalo con il Vaticano e con tutta la chiesa, il voler ritrovare i parenti di Caterina e Ferdinando i suoi genitori biologici. E così continuò a parlare fino a notte fonda.

Stesi sul letto uno nelle braccia dell'altro Eleanor gli raccontò tutti i particolari della storia d'amore tra

Caterina e Ferdinando o, meglio, suor Caterina e Don Nando. Non omise niente, nessun dettaglio dei loro incontri, così come gli erano stati descritti da suor Adriana. Nel raccontarli le sembrava di riviverli quei pomeriggi d'amore in cui suor Caterina andava nella parrocchia di Don Nando, ufficialmente per fare le pulizie, ma in realtà passavano i pomeriggi abbracciati nella sua stanza ad amarsi e poi puntualmente ogni volta, prima di andarsene, Caterina guardava estasiata *la Madonna col Bambino*. Per questo motivo Don Nando aveva voluto regalargliela. Non sapeva neppure lui com'era finita in quella parrocchia. Qualcuno l'aveva lasciata lì durante la guerra per proteggerla dai tedeschi che appena arrivati in un posto facevano incetta di opere d'arte ben sapendo di trovarsi in Italia, il paese più ricco al mondo di capolavori. Il proprietario probabilmente era stato ucciso in un campo di concentramento e nessuno era più ritornato a riprendersi *la Madonna col Bambino*.

Diversi libri d'arte parlavano di quel quadro.
Eleanor gli disse che all'università ne aveva visto un'immagine nella vecchia biblioteca dove erano custoditi dei volumi di storici dell'arte. Aveva avuto il privilegio di tenere tra le sue mani la seconda edizione delle *Vite dei più celebri pittori scultori e*

architetti di Giorgio Vasari. Per entrare in quella sezione bisognava chiedere un permesso che veniva concesso dopo quindici giorni. Lei aveva potuto accedervi solo perché il suo professore, un noto critico d'arte, le aveva fatto una lettera di raccomandazione.

Jacopo della Fonte era stato a bottega di Andrea del Santo e in seguito aveva dipinto *la Madonna col Bambino.* Veniva descritto come una persona sensibile al fascino femminile che sapeva cogliere lo stato d'animo delle donne e riprodurlo poi nei volti caratterizzati da quegli sguardi amorevoli delle sue Madonne. La sua carriera si era svolta nell'Italia centrale in particolare tra Firenze e Roma.

Amava profondamente le donne nell'arte come nella vita e ne sapeva cogliere gli stati d'animo, gli sguardi, i gesti. Ne aveva sedotte molte all'epoca e amato donne bellissime che poi faceva posare per lui nelle vesti di Madonne, sante, ninfe o divinità olimpiche. L'emozione era stata forte quando aveva visto la foto del quadro e lei sapeva che suo padre Paolo conservava un documento che la legava a quel dipinto.

Verso l'alba si addormentarono uno nelle braccia dell'altro.

XX

La vita è un mistero

Il giorno dopo la prima frase che Bart disse fu: «Riavrai il tuo quadro costi quel che costi. Ma devi seguire le mie istruzioni. So bene chi è quella gente, non fare pubblicità alla cosa, sarebbe peggio e te la farebbero pagare, magari facendoti sparire. Ricordi padre Geert?»

«E come potrei dimenticarlo? Mi ha quasi violentata» rispose Eleanor.

«Ma adesso ho bisogno di proseguire da solo. Potrebbe essere troppo pericoloso coinvolgerti.»

Eleanor lo guardò negli occhi, si strinse forte a lui e accarezzandogli il volto gli disse:

«*Fais attention à toi*. Stai attento vorrei rivederti e rivederti tutto intero.»

Bart sparì in fretta com'era solito fare ed Eleanor si ritrovò improvvisamente sola. Ma non convinta prese la decisione di recarsi da Maxim.

Non lo avvisò prima ma si precipitò nel suo studio. Maxim non fu sorpreso di vederla, solo irritato. Naturalmente non ci fu nessun saluto affettuoso nei suoi confronti, ma con tono duro le fece notare che grazie a lei si ritrovava con tre punti di sutura sulla fronte e solo per miracolo non aveva perso l'occhio destro.

«Cosa volevi farmi? Ammazzarmi? In fondo l'ho fatto per il tuo bene e ti ho anche proposto un po' di soldi. Tu non sei altro che una ragazzina viziata, un'orfanella che ha avuto la fortuna di essere presa da una famiglia benestante altrimenti saresti stata una dei tanti miserabili che popolano questo mondo.»

Eleanor si controllò, non si mosse, non proferì una parola.

Maxim si alzò andò verso la libreria. Scostò alcuni scaffali, poi ritornò verso la scrivania e dal suo cassetto estrasse dei guanti bianchi di cotone, li indossò. Aprì la cassaforte e tirò fuori il quadro guardandolo avidamente.

«Sì», pensò Eleanor in quel momento *«Bart ha ragione, un'opera d'arte può dare alla testa.»* Maxim guardava il quadro e lo accarezzava come se stesse per avere un momento di intimità con una bella donna.

Improvvisamente si girò.

«Vedi questi sono soldi un sacco soldi. Il nuovo proprietario ha già effettuato il pagamento sul mio conto. Sono pieno di debiti non ho più niente, da anni gli affari vanno male. Cosa vuoi che ci sia per noi vecchi avvocati? Avevo capito che questo era l'unico modo per riprendermi finanziariamente. È stato semplicissimo trovare un'acquirente, è bastato far circolare la voce e il collezionista svizzero si è fatto vivo subito, spontaneamente. Tu avrai una percentuale sulla vendita e basta. Affare fatto.»

«No Maxim, no. Io voglio il quadro. Non voglio il denaro. Quel quadro mi appartiene.» Gli rispose con tono duro.

«E chi l'ha detto che ti appartiene? Quello stupido scritto? Ma come non sai quante expertise e documenti falsi ci sono in giro? Ingenua! Bene adesso ti consiglio di calmarti e abituarti all'idea, tra poco saranno qui quelli dell'assicurazione con il corriere per prelevare il quadro. Pensa che è stato assicurato dai Lloyd's di Londra per una somma esorbitante.»

«Non puoi farmi questo Maxim. Sei sempre stato uno di famiglia, mi conosci fin da bambina ho giocato sulle tue ginocchia ti ho sempre confidato i miei segreti.»

«Ah, sentila un po' questa! Ma se ieri eri pronta ad uccidermi. Guarda come mi hai conciato!»

«E va bene, allora farò scoppiare uno scandalo. Parlerò alla stampa, tutti devono sapere di questo quadro, tutti devono sapere che mi appartiene.»

«Ah, mi fai ridere! E chi vuoi che ti creda?»

«Non cederò. Ti giuro Maxim mi vendicherò con te. Passerò il resto della mia vita a fartela pagare.»

In quel momento suonò il citofono, erano quelli dell'assicurazione.

Eleanor in un baleno fu addosso a Maxim per afferrargli il quadro ma lui le diede un tale colpo che la lasciò tramortita a terra.

Maxim passò nell'altra stanza e tutto sorridente andò incontro ai due uomini dell'assicurazione.

Uno alto, capelli neri lunghi, occhiali spessi e barba folta non proferì parola. Il suo collega presentò tutta la documentazione a Maxim che la sottoscrisse. Tirarono poi fuori gli attrezzi e il quadro fu imballato con cura.

Salutarono e se ne andarono velocemente.

«*Enfin, c'est fini!* Finalmente è finita!» sospirò Maxim.

«Stupida ragazza, alzati da qui e vattene.»

Eleanor era ancora sotto choc le girava la testa.

«Fuori di qui! Ti chiamo un taxi e te ne vai subito. Tornatene al più presto in Italia e non venire più qui a rompermi le scatole.»

Eleanor si ritrovò nel taxi. Dolorante e confusa per il colpo preso alla testa.

Barcollando scese dal taxi davanti all'albergo e raggiunse subito la sua stanza.

Appena entrata trasalì.

La Madonna col Bambino era lì davanti a lei appoggiata sul tavolo che la guardava e Bart seduto sulla poltrona che fumava.

«Scusa il fumo ma ogni volta che concludo un caso mi metto a fumare, è una strana abitudine, forse superstizione.»

«Ma come hai fatto?!?»

«Be', sono o non sono un mezzo delinquente e detective di opere d'arte?»

«Uscito di qui ho contattato alcuni ex colleghi e così abbiamo escogitato il cambio dei personaggi.»

«Vuoi dire che eravate voi quelli dell'assicurazione?»

«E Maxim cosa farà adesso?»

«Immagino che, come prima cosa, dovrà restituire i soldi al collezionista d'arte svizzero e poi fare i conti con la sua vendetta. Quella gente non scherza.»

Eleanor si avvicinò e prese fra le sue mani il quadro.

Lo accarezzò piano piano e poi lo strinse forte a sé sospirando, delle lacrime le rigavano le guance.

Caterina e Ferdinando erano lì con lei e non l'avrebbero più lasciata.

Allora Bart le allungò un foglietto dicendole: «Questa poesia è per te».

Hai portato luce nell'oscurità della mia vita
le tue parole sono musica
e il mio cuore batte forte nel sentirle
il tuo sguardo che si posa su di me
calma il tormento della mia anima
ho bisogno del tuo amore
per proseguire nel cammino della vita.

Un sorriso illuminò il volto di Eleanor.

L'autrice

Elly Blumay viaggiatrice e sognatrice, appassionata di arte e letteratura.
Dopo vari racconti e storie brevi ha seguito il suo *Dáimōn* che l'ha portata a scrivere il ***Quadro dei misteri***.

www.ingramcontent.com/pod-product-compliance
Ingram Content Group UK Ltd.
Pitfield, Milton Keynes, MK11 3LW, UK
UKHW021650190726
13853UKWH00001B/183